滁州民俗面面观

CHUZHOU MINSU MIANMIANGUAN

王道琼 著

全国百佳图书出版单位
时代出版传媒股份有限公司
黄山书社

图书在版编目(CIP)数据

滁州民俗面面观/滁州市文联编;王道琼著.
—合肥:黄山书社,2020.12
ISBN 978-7-5461-9524-7

Ⅰ.①滁… Ⅱ.①滁… ②王… Ⅲ.①随笔—作品集
—中国—当代 Ⅳ.①I267.1

中国版本图书馆CIP数据核字(2021)第007152号

滁州民俗面面观　　王道琼　著
CHUZHOU MINSU MIANMIANGUAN

出 品 人　贾兴权
责任编辑　向　焱
责任印制　李晓明　李　磊
装帧设计　钱志刚
出版发行　黄山书社(http://www.hspress.cn)
地址邮编　安徽省合肥市蜀山区翡翠路1118号出版传媒广场7层230071
印　　刷　永清县晔盛亚胶印有限公司
版　　次　2020年12月第1版
印　　次　2023年6月第3次印刷
开　　本　700 mm×1000 mm　1/16
字　　数　210千字
印　　张　18.5
书　　号　ISBN 978-7-5461-9524-7
定　　价　68.00元

服务热线　0551-63533768
销售热线　0551-63533788
官方直营书店(https://hsss.tmall.com)

总 序

滁州雄峙皖东，襟江带淮，春秋时期即为吴头楚尾之地。自隋开皇三年（583 年）设州至今已 1400 多年，有“金陵锁钥、江淮保障”“形兼吴楚、气越淮扬”之誉。千百年来，长江文化、淮河文化、淮扬文化在这里交融传承，形成了滁州开创性、开放性和包容性兼备的文化特征。这些文化特征，孕育了滁州丰富多元而又有自身独特魅力的文化森林。

滁州人文荟萃，底蕴深厚。西晋末年，琅琊王司马睿由此东渡，建立东晋；五代后周，赵匡胤在此击败南唐主力，奠定北宋帝业根基；元朝末年，朱元璋肇建“滁阳一旅”，开创大明王朝。鲁肃、徐达、戚继光、憨山、吴敬梓、吴棠、章益等诸多名人光耀故里。唐宋年间，韦应物、李绅、李德裕、王禹偁、欧阳修、辛弃疾等文学家、政治家先后治滁，留下德政遗风和《滁州西涧》《醉翁亭记》等千古华章。明朝中期，一代儒学宗师王阳明任太仆寺少卿，讲学滁州，“儒风之盛、夙贯淮东”。

滁州敢为人先，具有光荣的革命传统。抗日战争时期，滁州是全国 19 个抗日根据地之一，刘少奇、罗炳辉、方毅、张云逸等老一辈革命家在此留下了光辉的战斗足迹。1978 年，凤阳县小岗村 18 户农民首创农业“大包干”，揭开中国农村改革的序幕。历经四十多年的改革开放，滁州积极融入长三角，经济社会发展取得长足进展，主要经济指标稳居全省前列。

为弘扬和传承地域文化，由滁州市委、市政府提出，市委宣传部牵头，市文联组织创作了《滁州文化丛书》，收录的 8 本作品逾 150 万字，多角度讲述滁州文化故事，力求深层次挖掘滁州文化底蕴、展现滁州文化魅力。《醉翁亭畔话醉翁》以通俗活泼的文字勾勒了欧阳修在滁州为官两年多时间里的生动图景，深入发掘醉翁文化的当代价值。《朱元璋与淮西集团》重点描绘朱元璋与跟随他起兵的淮西籍（主要为现滁州市地域）将臣的卓著功勋、恩怨情仇，突出了“滁阳一旅”在朱元璋军事生涯中的独特作用，是朱元璋与凤阳、滁州故土关系的全新视角，史料翔实，逻辑严密。《王阳明在滁州》描写了王阳明在滁州任南京太仆寺少卿期间，广纳弟子，传授“心学”的脉络轨迹。晚清名臣四川总督吴棠，是从滁州走出的“天下知名淮海吏”，《封疆大吏吴棠》一书，依据大量的文献资料和吴氏宗亲的口述，对吴棠一生的功绩及吴棠故居做了详细介绍，很多资料、图片为业内首次披露。章益与其父章心培，均为滁州文化名人。他于 1943 年至 1949 年间出任国立复旦大学校长，将复旦大学完整地交给了新中国。《国立复旦校长章益》叙写了章益的生平事迹、学术成就等。《故事里的琅琊山》汇集了琅琊山说不完的故事，帝王将相、文人墨客、一木二瓦、片石半碣，都在传达这座滁州名山的文化情愫。滁州古建筑是滁州文明史的实物见证，是和古人对话的重要通道，《滁州古建筑的前世今生》一书，介绍了滁州市代表性古建筑，希望能让读者追书而行。《滁州民俗面面观》一书则介绍了滁州文化中积淀的岁时习俗、信仰习俗、生活生产经营习俗、婚育寿庆习俗等，对了解江淮地区民风民俗及其流变具有重要意义。

丛书的作者都长期致力于滁州地域文化研究，他们积极搜集资料，广泛开展田野调查，潜心开展创作，力求以最切合的形式，将作品的文化内涵表达完整，故事讲述生动活泼。书稿完成后，我们又先后聘请了刘思祥（安徽省社会科学院人物研究所原副所长、副研究员）、倪阳（滁州学院原党委副书记、市地情人文研究会会长）、许恒贵（滁州市委党史和地方志研究室副主任）、卜平（滁州市政协原调研员、章益生平研究专家）、骆跃泉（滁州市委党校总务处处长、市地情人文研究会副秘书长）、贡发芹（安徽省文史馆特聘研究员、明光市政协文史委主任、吴棠研究专家）等专家对8部作品分别进行审读，提出修改意见。在此，我们向各位作者、各位专家表示衷心感谢！

习近平总书记说："要讲清楚中华优秀传统文化的历史渊源、发展脉络、基本走向，讲清楚中华文化的独特创造、价值理念、鲜明特色，增强文化自信和价值自信。"同时强调，"在历史进程中凝聚下来的优秀文化传统，决不会随着时间推移而变成落后的东西。"《滁州文化丛书》的创作出版，正是践行习近平总书记讲话精神的具体体现。希望这套丛书能够继续延展下去，将滁州优秀历史文化不断发扬光大。

是为序！

《滁州文化丛书》推进工作领导小组

2020年12月23日

目 录

二、信仰习俗

三、生活生产经营习俗

四、婚育寿庆习俗

五、丧葬习俗

六、禁忌习俗

七、方言俗语

滁州文化丛书

CHUZHOU WENHUA CONGSHU

岁时节日习俗

明代滁州城图

春　节

“爆竹声中一岁除，春风送暖入屠苏。千门万户曈曈日，总把新桃换旧符。”这是大家非常熟悉的王安石写的诗句，生动地反映了元日欢乐热闹、万象更新的动人景象。元日，即农历新年正月初一，也称春节，俗称新春、新岁、新年、新禧、大年等，又称过年、过大年。

在历史发展过程中，过年已逐渐形成了一个庞大的年节系列。在古代民间，人们从腊月廿三的小年起便开始“忙年”了，围绕着辞旧迎新这一主题，纷纷祭灶、扫尘、买年货、贴年红、祭祀天地神灵祖先等等，直到正月十九日才结束“新年”。而如今，随着工作、

街头卖春联窗花灯笼　2020年1月20日王道琮摄

生活节奏的加快，机关企事业单位一般从除夕放春节假，至正月初七复工，而民间仍普遍是过完元宵节才算真正过完年。

春节是我国一年一度普天同庆、阖家团圆的节日，历经两千多年，已深深地融入到国人的血脉中。春节是中国传统文化最重要的一部分，体现了中国文化的博大精深，也体现了中华民族崇尚家庭团圆的民族文化精神。2013 年，春节民俗列入第一批国家级非物质文化遗产名录。世界上也有其他数十个国家和地区将春节定为法定节假日。

每到春节，在外地的人们都尽可能地赶回家中和亲人团聚，共享天伦之乐。全家欢聚一堂，吃年夜饭，派发压岁钱，守岁迎接新年。元日子时交年时刻，鞭炮齐鸣、烟花齐放，辞旧岁、迎新年等各种庆贺活动达到高潮。南北朝梁宗懔《荆楚岁时记》载："正月一日，鸡鸣而起，先于庭前爆竹，以避山臊恶鬼。"这段记载说明爆竹在古代是一种驱瘟逐邪的工具，寄托了人们渴求安泰的美好愿望。元日以后，亲朋好友之间相互走访拜年，各种丰富多彩的娱乐活动竞相开展。节日的热烈喜庆气氛不

街头卖年画　2020 年 1 月 23 日王道琮摄

春节前夕，街头干果炒货品种多样　2020 年 1 月 20 日王道琼摄

春节前夕，忙碌的包子店　2020 年 1 月 20 日王道琼摄

仅洋溢在各家各户，也充满滁州各地的大街小巷，一些地方还有舞狮子、耍龙灯、玩旱船、逛庙会等习俗活动。

在物质匮乏的年代里，人们最盼望的就是过年。因为只有过年才能穿到新衣服，吃到好东西。“小孩盼过年，大人盼种田”是我们很多人的亲身经历，更有着刻骨铭心的体验。

除夕

农历年的最后一天为除夕。除，是过、去、走的意思。夕，是夜晚。除夕就是一年最末尾的傍晚或晚上。但人们习惯于把大年三十这一天称为除夕，也称除夕日。为什么叫除夕呢？传说太古时候有个凶恶的怪兽叫夕（年），总是在腊月三十晚上出来害人。后来，人们知道夕（年）最怕红色和声响，于是家家户户贴红春联，燃放爆竹、烟花，来驱除夕（年），这样三十晚上便称为除夕了。

除夕，是辞旧迎新、除旧布新之日，在国人心中具有特殊意义，是这个年尾最重要的日子，漂泊再远的游子也要赶回家和家人团聚，在爆竹声中辞旧岁，迎新春。2007 年，国务院颁布休假日时，曾将除夕作为法定假日，体现了对传统节日习俗的重视。这一天，是人们喜迎新年最为繁忙的一天，自古流传下来的祭祖、贴年红、吃年饭、守岁等习俗是春节的重要内容。

上坟请祖　每年除夕，或者在除夕的前一天，除了忙着准备过年的衣食祭品，滁州家家户户还有一项极为重要的活动——上坟请祖。事死如生是中华民族传承几千年的孝道伦理。每逢节庆祭祖，不仅是向祖先表达敬意，更寄托了后人对祖先的感恩与思念。春节上坟请祖的仪式相较于其他节日更为庄重和重要。据汉

送春联　2020 年 1 月 10 日王道琼摄

街头卖祭祀用品　2020 年 1 月 20 日王道琼摄

代崔寔的《四民月令》记载："正月之朔是为正月，躬率妻孥，洁祀祖祢。及祀日，进酒降神毕，乃室家尊卑，无大无小，以次列于先祖之前，子妇曾孙各上椒酒于家长，称觞举寿，欣欣如也。"这说明，早在汉代我国的祭祖活动就已经是春节中一项十分重要的活动了。过去，有祠堂的大户，年终祭祖就要在祠堂中进行，而没有祠堂的普通人家，则需上坟请祖。但不管是大户小户、穷户富户，上坟请祖都是一项很庄重严肃的活动。按照程序，请祖前要先把历代去世先人的家谱在正房偏墙上挂好，备好祖案和香炉、油灯、长线、供品、鞭炮等，之后才能开始请祖。早饭后到祖坟各个坟头烧纸，一边烧纸一边念叨，诸如"爷爷奶奶回家过年喽"等。烧完纸便起身回家，到大门前再烧纸，鸣放鞭炮，面向大门叩头，再念叨"爷爷奶奶回家过年喽，请门神让路"，然后迈步进门，点燃明烛，彻夜不熄。进了大门以后，在门口横放一根木棍，叫作"拦门棍"，最好是桃木的，以示拦住凶神恶鬼不得进门。待到正月初二下午或者晚饭后，持族谱送祖至村外，将香纸焚化，然后将族谱收起，名为"送年"。

如今，滁州人上坟请祖的仪式比较简单。因早无祠堂，大多数人家是带着鞭炮、檀香、冥币、果食（先人中有抽烟喝酒的还会带上烟酒）等去上坟请祖。自此日开始，家中每顿饭前都要把最好的食物、菜肴先供奉给先祖灵位（遗像），然后全家人才开始吃饭，以示对祖先的尊敬和不忘先辈传衍抚育之恩。

贴春联、窗花、福字、年画、门神等　春联、窗花、福字、年画、门神等是过年的特定吉祥物，有时统称为贴年红。在滁州，过去通常是由家中男人或男孩在吃年饭之前把对联、年画等全部贴

窗花　2010年5月13日吴宗宝摄

好，女孩不能贴，现在则男孩女孩都可以贴。

据《玉烛宝典》《燕京岁时记》等典籍记载，春联的原始形式就是人们所说的“桃符”。春联的另一来源是春贴，古人在立春日多贴“宜春”二字，后渐渐发展为春联。贴春联也叫贴门对、春贴、对联、对子等。它是中国特有的文学形式，以工整、对偶、简洁、精巧的文字表达人们迎新的美好心愿，也为节日增加喜庆气氛。除了贴春联，人们还贴挂彩纸，剪贴有喜鹊登梅、五谷丰登等吉祥图案的窗花和“福”字，还有将“福”字做成寿星、寿桃、鲤鱼跳龙门、五谷丰登、龙凤呈祥等各种精美图案的。农村喂养牛、驴、猪等牲畜的人家也会在圈栏贴上红纸写的“牛头平安”“槽头兴旺”等。如今，耕牛、毛驴这些农民曾经赖以为生的最亲密的劳动伙伴已基本上被机械取代，那些与家畜有关的春

年画（1980 年代）

文门神神荼

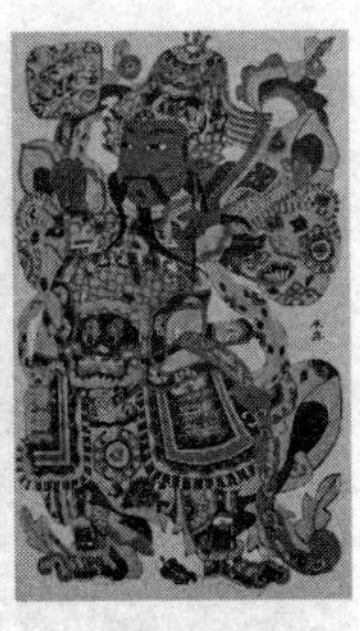

武门神郁垒

联难得一见了。

春节挂贴年画在滁州城乡也很普遍，浓墨重彩的年画给千家万户平添了许多欢乐祥和的喜庆气氛。年画是一种古老的民间艺术，反映了人民朴素的风俗和信仰，寄托着人们对未来的希望。随着木板印刷术的兴起，年画的内容已不仅限于门神之类单调的主题，变得更加丰富多彩。随着时代的发展，年画后来又衍生出年历、挂历、台历等诸多文创产品。

旧时的滁州，对于过年贴门神是非常重视的。最初的门神是刻桃木为人形，后来改为门神画像。传说中的神荼、郁垒兄弟二人专门管鬼，有他们守住门户，大小恶鬼不敢进门为害百姓。唐代以后，又有画猛将秦琼、尉迟敬德二人像为门神的，还有画关羽、张飞为门神的。门神像左右两边各贴一张。再后来，门神被画成一文一武。贴门神寄托了劳动人民辟邪除灾、迎祥纳福的美好愿望，但在 20 世纪 60 年代随着“破四旧”的步伐已经消失了。

年夜饭和守岁　年夜饭，又称年饭、分岁饭、团圆饭等，特指岁末除夕的阖家聚餐。年夜饭源于古代的年终祭祀仪式，拜祭神灵与祖先后团圆聚餐。年夜饭是年前的重头戏，一般都很丰盛，

家中最好的酒菜、食物都要摆上来。必须有鸡、鱼和丸子，因为鸡谐音为“吉”，鱼谐音为“余”，丸为圆形，意为团圆。民间至今有“无鸡无鱼不算席”的说法。年夜饭是一年来全家老少最隆重的聚餐，特别讲究礼数。有老人的家庭都要让老人坐上席，儿子媳妇、孙子孙女依次坐下。这时一般不请亲戚朋友，有的地方甚至不允许外人在自己家过年。年夜饭也要有酒水。经济条件好的喝茅台、五粮液等名酒，就是一般人家喝的酒都要比平时的酒档次高些。《诗经》中有“为此春酒，以介眉寿”的语句，可见周代时就有了团圆饮酒的习俗。

一夜连双岁，五更分二年。除夕守岁之俗由来已久。晋朝周处《风土记》中记载：除夕之夜大家各相与赠送，称“馈岁”；长幼聚欢，祝颂完备，称“分岁”；终岁不眠，以待天明，称“守岁”。唐太宗做过《守岁》诗，其中有“冬尽今宵促，年开明日长……对此欢终宴，倾壶待曙光”，生动记录了那时宫廷守岁场景。宋代女词人朱淑真诗云：“穷冬欲去尚徘徊，独坐频斟守岁杯。一夜腊寒随漏尽，十分春色破朝来。”守岁民俗主要表现为所有家庭都点燃岁火，合家欢聚，并守“岁火”不让熄灭，等着辞旧迎新的时刻，迎接新岁到来。除夕夜，灯火通宵不灭，曰“燃灯照岁”或“点岁火”，据说如此“照岁”之后，就会使来年家中财富充实。现代滁州人家守岁，主要是聊天、看春节联欢晚会、玩网络游戏、打纸牌、麻将等，到午夜12点时，燃放鞭炮迎接新年的到来。但近年来，城乡禁止燃放烟花爆竹，守岁少了很多热闹。因此，也有人说，随着烟花爆竹的消失，传统的年味更失去了一抹亮色，越来越没有味道了。

压岁钱　年夜饭结束后，长辈要将事先准备好的压岁钱派发

奶奶准备压岁钱　2018年2月15日吴宗宝摄

给晚辈。压岁钱原先叫厌胜钱，也叫花钱。厌胜，就是抗拒鬼神的。最早的压岁钱是汉代的五铢钱，后来是各朝代的铜钱，民国后渐渐用纸币。长辈把它作为吉利、辟邪和玩赏之物交给孩子们，希望可以压住邪祟，让孩子们安然成长，满含着长辈对晚辈的关切之情和真切祝福。生活艰苦的年代，长辈们发压岁钱较少。随着生活条件的改善，压岁钱也逐年增多。晚辈上班之后，就不再接受长辈们的压岁钱，而是买物给钱孝敬长辈们。如今，随着现代资金支付方式的改变和智能手机的普及，更多的人会选择微信红包等方式派发压岁钱。

大年初一

滁州人在大年初一这天通常都会早起。大人们会早早地喊醒尚在睡梦中的孩子，然后为每个孩子倒上一碗加了红糖的开水，寓意着喝了红糖水以后，嘴巴甜，见人就喊，更讨人喜欢。后来，喝红糖水的习俗随着时间的流逝也就慢慢地消失了。

人们早上开门第一件事是先放爆竹，也叫“开门炮仗”。这个“开门炮仗”也不是什么人想放都能放的，这通常是家中主事的男子特权。女人，无论是大人还是小孩都挨不上边的。爆竹声后，“柳絮飞残铺地白，桃花落地满阶红。纷纷灿烂如星陨，赫赫喧豗似火攻。”满地或粉或红的碎纸屑灿若祥云，夹杂着或浓或淡的火药味，让年的意味更加浓厚。近年来出于环保和安全考虑，一些地方政府禁止燃放鞭炮。大年初一“开门炮仗”的习俗也在慢慢地减少，但农村仍然保留着“开门炮仗”的习俗。

大年初一的早饭是要等全家人到齐后方才开始。多数人家除

福字中国结　2020 年 1 月 23 日王道琼摄

夕晚上就将饺子包好，包的时候会在几个饺子里放一枚铜钱或钢蹦等，谁吃到便预示着他（她）有好彩头，会在接下来的一年里事事称心如意。通常还会将饺子和元宵一起煮，盛的时候每个人的碗里都要既有饺子又有元宵，名曰“元宝”，寓意新年发大财，财源滚滚来。有的地方也会用老母鸡汤肉下挂面，寄托着福禄长寿等美好愿望。

吃过早饭后，便开始到亲戚和邻居家里拜年。关于拜年，有两种传说。一是传说古代有一种怪兽叫作“年”，它每到除夕都会出来害人，到了大年初一还没有被“年”这个怪兽害死的人就算是过了“年关”了，于是大难不死的人们相互走访道喜，互相祝贺，庆祝渡过“年关”。另有传说，李世民在玄武门政变之后成为唐太宗。而和李世民一起打天下的元老们开始飘飘然，居功自傲起来，其中以程咬金最为突出。程咬金认为自己跟着李世民创业，论功劳谁都不如他，开始变得目中无人。尉迟敬德很不服气，觉得自己的功劳也很大。于是两个人针尖对麦芒，矛盾逐渐激化。李世民想要化解他们之间的矛盾，于是找魏徵帮忙出主意。魏徵就建议李世民在年三十上早朝的时候，先屈尊向各位臣子们拜年，然后下一道圣旨，让诸位大臣在大年初一都相互拜年祝贺，不仅要说吉祥话祝福，还要检讨自己之前的错误言行。李世民按照魏徵的办法试了一下，果然，程咬金和尉迟敬德都不敢违背圣旨。尉迟敬德先来到了程咬金的家里， 程咬金一看尉迟敬德先登门了，便放下了姿态，于是两个人相互拜年祝福，还向对方检讨之前的种种不是，双方重归于好。所以后来人们就把拜年当做一种相互沟通情感、表达祝福的方式，而流传至今了。

拜年，是春节期间一项重要的人际交往活动。早在汉代已有拜年之风。唐宋之后更加盛行，有些不便亲自前往的，可用名帖投贺。明代以后，许多人家在家门口贴上一个红纸袋，专收名帖，叫“门簿”。旧时拜年分次序：初一拜家族长辈，初二拜舅舅，初三拜姑母，初四拜岳丈。给长辈拜年时，晚辈要带礼物。所拜之家，均拿出糖、烟、瓜子、花生等招待客人。随着时代的变化，滁州民间互访拜年的时间或次序已经不是那么讲究了，根据彼此的社会关系，有亲戚间的拜访、串门式的拜访、礼节性的拜访、感谢性的拜访等多种形式。

旧时有拜年和贺年之分。拜年是向长辈叩岁，贺年是平辈之间互贺新年。现在，有些机关企事业单位、社会团体等会在阳历或农历新年来临之际通过举办“团拜会”“年会”的方式聚在一起相互祝贺，迎接新年的到来。随着时代和科学技术的发展，拜年的习俗亦不断增加新的内容和形式，电话、QQ 微信视频等已成为新的拜年的途径和方式。

正月初一至十四

汉代以来，正月初一到初七都有一个特定名称。初一为鸡日，初二为犬日，初三为猪日，初四为羊日，初五为牛日，初六为马日，初七为人日。民间传说女娲炼石补天后，某一天她觉得世界上太冷清，就用泥捏了只鸡，一吹鸡就活了，第二天又捏了只狗……到第七天才捏了个泥人，这样世界上就热闹了起来。古往今来，人们围绕这些日子的名称和来历产生了一些民俗活动。如旧时，滁州民间以正月前几日的天气阴晴来占卜本年年成如何。相传此说法始于汉东方朔的《岁占》，如果当日晴朗，则所主之物繁育；当日阴，所主之日不昌。后代沿其习，由占岁发展成一系列的祭祀、庆祝活动。有初一不杀鸡，初二不杀狗，初三不杀猪……初七不行刑等风俗。古代正月十六前的每一天都有说法，以下作一简要介绍。

鸡日　正月初一是鸡的生日。鸡的形象来自古代太阳崇拜，即古籍中记载的“日中金乌”“日中有金鸡”。考古发掘的文物中有关太阳鸟的形象，也就是古人所说的金乌、金鸡。另在天空二十八宿中，昴宿定名为鸡，称昴日鸡。

古人说，鸡有五德，是德禽。此五德是：头上戴着红冠，很文雅；两脚善于拼搏，是武德；人们常说的死鸡头不会拐弯，古人谓之勇德；发现食物就招呼同伴来吃，是义德；守夜不失时，是为信德。鸡也是十二生肖之一，且常被民间说成是凤。属龙与属凤的成婚，便说是龙凤婚。鸡，谐音为吉，鸡日就是吉日。鸡多产蛋，多子多孙，也是人们所喜欢的。

滁州民间又俗传正月初一为扫帚生日，不能动用扫帚，否则会扫走运气、破财，而把“扫帚星”引来，更会招致霉运。也不能往外泼水倒垃圾，怕因此破财，财运被倒没有了。时至今日，滁州许多地方还保存着这一习俗，年初一不动扫帚，不倒垃圾，准备一个大桶，用来盛废水，不向外面泼洒。

犬日　正月初二是狗的生日。古人云狗是“斗精所生”，是吉祥的瑞兽，实际上与狗图腾崇拜有关。南方的少数民族中，有的就是以狗为图腾的。狗和鸡一样都是人类的好朋友，在人们的生活中能起到很大的作用。在这天，人们给狗好吃的，也不打骂狗。

“初二初三，外甥拜年”。这两天是外甥给姥姥、舅舅拜年的日子，也是姑娘回门的日子，或称“归宁日”“姑爷节”。这天出嫁的女儿回娘家，要夫婿同行，也有俗称“迎婿日”。回娘家的女儿必须携带一些礼品和红包，分给娘家的小孩，并且在娘家吃午饭，但必须在晚饭前赶回婆家。

犬日又是财神的生日。相传财神有文财神、武财神之分。文财神有两位，一位是商纣王时的丞相比干；另一位是春秋时期越国的大臣范蠡。武财神一般是指赵公明，他与姜太公斗法失败，封神时太公封其为财神；另一位武财神是关羽。关羽是忠义的典型，死后被封为财神，公正廉明，有求必应。旧时，正月初二祭财神，这在滁州人，特别是对于做生意的人家来说更是必不可少的传统仪式。无论是商贸店铺，还是普通家庭，都要进行祭财神活动。祭祀的供品多用鱼和羊肉，祈望在这一年里财源广进。祭礼完毕，放爆竹、烧纸元宝，中午要吃馄饨，俗称“元宝汤”。

猪日　正月初三是猪日，猪是人类饲养的主要家畜之一，也

文财神

武财神

是人类主要肉食来源。为十二生肖最后一位，传说是它太懒、太胖，走得慢，所以排在最末。初三又称小年朝、天庆节、赤狗日。传说北宋大中祥符元年，真宗皇帝听说有天书落于人间，是祥瑞之兆，就下诏书放假五日以庆祝。后来又称这天为小年朝、天庆节。有不扫地、不起火、不汲水的习俗，与岁朝相同。

羊日　羊日就是正月初四，是羊的生日。羊和鸡狗猪一样，对人类的生存和发展不可或缺。羊，即祥也。人们常说的“三羊（阳）开泰”，即是吉祥的象征。这天，人们不能杀羊，要给羊喂好草好料，如果天气好，则意味着这一年里，羊会养得很好，养羊的人家会有个好收成。

也有说这天是民间迎接天上众神下界的吉祥之日，又是恭迎灶神回民间的日子，人们这天不出门、不招待亲戚朋友。

牛日　正月初五是牛的生日。牛是人类农耕时代的主要助手，因其不出风头不叫苦，耕田耙地不惜力，也被称为牛王，或牛马王。

古时也有初五敬五财神的习俗。古人曾经认为东西南北中都有一个财神，即五路神。清人顾铁卿《清嘉录》中引有蔡云的竹枝词，描绘了初五迎财神的情形：“五日财源五日求，一年心愿一时酬；提防别处迎神早，隔夜匆匆抱路头”。书中又云：“正月初五日，为路头神诞辰。金锣爆竹，牲醴毕陈，以争先为利市，必早起迎之，谓之接路头。”所谓“路头”，即五祀（迎户神、灶神、土神、门神、行神）中之得神。凡接财神须供羊头与鲤鱼，供羊头有“吉祥”之意，供鲤鱼是图“鱼”（与“余”谐音），讨个吉利。人们都在正月初五零时零分（正月初四 24 点），打开大门和窗户，燃香放爆竹，点烟花，接财神，人们还要聚在一起吃路头酒，往往吃到天亮。满怀发财希望的人们在通宵的玩乐中祈愿着财神爷能在新的一年带来更多的金银财宝，从而过上发家致富的好日子。至于人们在正月初五祭拜路头神，并以此日为其生日，乃五路神中之“五”与初五之“五”牵连之故。在正月而非其他月，乃取新年新气象，图一年吉利，财源茂盛，东西南北中，财富五路并进。

马日　正月初六是马的生日。因为已经破五，各种禁忌少了，人们外出活动了，生产上开工了，商铺也开市了，亲戚朋友自由来往，初二初三没有回门的女性，这天要回娘家探亲。这天要祭马神，给马匹喂上好草料，不能打骂马。

马对人类的生存发展功不可没，既帮人们耕耘拉车，也能让人们的出行更为快捷，特别是在战场上，战马更是发挥了不可估量的作用。马与狗、猴一样充满灵性，是深得主人喜爱的动物。自古以来，宝马利剑征战沙场，无数名篇诗文曾歌咏之。人们爱马，也崇拜马。许多人以马自喻，以马为榜样。它更是人类精神的象征。我国自古就有龙马之说，即传说中形状像龙的骏马。龙马精神是中华民族自古以来所崇尚的奋斗不止、自强不息的进取向上的民族精神。它是昌盛、刚健、热烈、高昂、饱满、升腾、发达的代名词。《易经》中说：“乾为马”，它是天的象征，又代表着君王、父亲、大人、君子、祖考、金玉、敬畏、威严、健康、善良、远大、原始、生生不息等。

明光的黄寨牧场就是因明代南太仆寺在这里设立大黄寨、小黄寨饲养军马而得名。建国后辟为南京军区军马场，20 世纪 60 年代曾经是万匹军马养殖基地和安徽省中国秦川种牛繁殖基地。1985年中国百万大裁军之后，人们才有机会一睹黄寨牧场的真容。

人日　正月初七是人日。相传女娲造了几个动物之后，才想起来造一些自己的同类，有男有女，让他们结为夫妻，繁衍人类。初七是人节，古时曾叫人庆、人胜节、人辰节、人七节，也叫七元。通常不外出拜年。人日也是古人求子之日，有剪绸缎为人形，贴到屏风上，或戴在头发上，以求生子。后来不再剪绸缎，而是剪彩为花，剪纸为人了。汉朝开始有人日节俗，魏晋后开始重视。南北朝、隋朝时要登高赋诗，还可以互相写诗寄赠。比如高适与杜甫是好朋友，高适就在唐肃宗上元二年写人日诗寄给杜甫。杜甫当时没有接到，九年后才写诗回信，写时泪流如雨，感慨万千。唐代之后更重视这个节日，每至人日，皇帝赐群臣彩缕人胜，登高大宴群臣。宋朝时，过年要在门上画只鸡，初七在床帐上贴纸人。

滁州南方一些地区，人们有在人日节“捞鱼生”的习俗。捞鱼生时，往往多人围坐，把鱼肉、配料与酱料倒在大盘里，大家站起来，边用筷子捞动鱼肉，边喊着：“捞啊！捞啊！发啊！”，越捞越高，以示步步高升。民间此日也有“摊煎饼”，吃“春饼卷”“盒子菜”等习俗。

初八　传说初八是谷子的生日，如果这天天气晴朗则预示这一年稻谷丰收，天阴则歉收。这天也是古人的顺星节，滁州民间制小灯点燃祭拜顺星，以求安康福寿，也称“祭星”“接星”。是一种星辰崇拜。祭拜用两张神码，第一张印着星科、朱雀、玄武等，第二张是“本命延年寿星君”。两张前后搁在一起，夹在神纸夹子上，放在院中天地桌后方正中受祀。神码前陈放着用香油浸捻的黄、白二色灯花纸捻成的灯花，放入直径寸许的“灯盏碗”，或用49盏，或用108盏，点燃。再供熟元宵和清茶。黄昏后，以北斗为目标祭祀。祭祀后，待残灯将灭，将神码、香根与芝麻秸、松柏枝一同焚化，即完成祭拜。

初九　正月初九是天日，传说此日为玉皇大帝的生日。因为他是至高无上的天帝，是三界之主，便称这天为天诞节、天公生。因为九字最高最大，古代皇帝们也要敬祭玉帝。有些地方，天日时，妇女备清香花烛、斋碗，摆在天井巷口露天地方膜拜苍天，求天公赐福。正月初九的琅琊山庙会是皖东地区历史悠久、规模最大、影响最广的民间习俗活动。后面将详细述之。

初十　正月初十是石头节。所谓石头节，就是石头神的生日，这一天一般不可搬动和石头有关的东西，所以也称为“石不动”“十不动”。这一天凡磨、碾等石制工具都不能随意搬动，有的地方甚至需要设祭享祀石头。在铜铁没有发现之前，石头、木棍是人类劳动、打猎和自卫的重要工具。人们认识原始社会以来的历史更多的要感谢石头为人类留下的丰富文物信息，如各种打磨的石斧、石刀，石刻、岩画、陵墓的碑碣文字，以及用石头雕刻的各种人像、动物像和器物等。传说此日也是老鼠娶媳妇的日子，亦称“老鼠嫁女”“老鼠娶亲”。在某些地方，这一天忌点灯和说话，免得惊扰了老鼠娶亲事宜，落得个“你扰它一天，它扰你一年”。有些地方还会用谷面作蒸食，称为“十子团”，到了夜晚的时候放置在墙角土穴等地方供老鼠吃。

正月十一　古时的厕神日。相传汉高祖刘邦的宠妃戚夫人被吕后剁去手足，割去舌头，挖去眼睛，打入冷宫，残酷虐待她，直至惨死。吕后去世后，大臣陈平、周勃等杀掉诸吕，拥戴汉文帝登基，才为戚夫人昭雪。玉帝同情戚夫人，便封她为厕神。也有的说这天是“子婿日”。民歌中有“十一请子婿”说法。相传，这是因为初九庆祝“天公生”剩下的食物还剩下很多，娘家不必再破费，就利用这些剩下的美食招待女婿及女儿。

正月十二　民间俗称“十二搭灯棚”。此时元宵节将近，城乡能工巧匠和青壮年们忙着搭灯棚、排演节目，做元宵赏灯的各种准备工作。同时乡邻之间互相宴请，以叙友情，经商做工的人们也在餐饮间互相交流。而今虽然搭灯棚的不多了，但村民、市民排演节目，朋友、同行、邻里相聚，饮酒叙旧仍很普遍。

正月十三　有传说正月十三是“灯头生日”，民间在这一天

载歌载舞闹新春　2013 年 2 月 22 日王道琼摄

要在厨灶下点灯，称为“点灶灯”。另外这天也是非常特殊的日子，俗称“阎王忌”，也称为“杨公忌”。俗谓“正月十三阎王忌，屙屎尿尿都不利”。就是说在这天，连人类最基本的吃喝拉撒都会不那么顺利。家中的长辈都会告诫，这一天是不能出门的，即使遇到了特别重大的事情，也必须等到太阳出来后才能做。关于阎王爷，民间传说他本有13个儿子，因自己做了地府的王，就变得特别猖狂。一日，他与人打赌，并放出了一句大话：“我十三个儿子，就是每月死一个，一年也死不完”。不料，从农历二月十一开始，死了第一个儿子，每隔28天就有一个儿子死去，正好到正月十三，所有的儿子都死完了。民间老人常警告晚辈：“宁做过天的事，莫说过天的话”。天道有常，三界众生没有谁能逃脱“天理昭昭”。阎王爷用一年12个月，自己十三个儿子作对比，说出了猖狂的话，却忘了“天道有常也无常”。而民间呢，也因为怕在这天触碰了“阎王忌讳”，所以就不敢轻易出门了。于是在传统文化中留下了正月十三“万事不宜”的说法，这天的忌讳主要包括不可以探望老人，不可以探望病人。同时，一切开土动工、婚丧嫁娶都是禁忌的。

正月十四　这天是元宵灯会的试灯日。民间和朝廷都会在这天悬灯结彩、试灯，做一些游艺节目的预演，以便迎接一年一度的元宵佳节。市面上卖灯笼的小贩，也早就准备了各式各样的花灯待售。这天也是临水娘娘（也叫顺天圣母）的诞辰。相传临水娘娘叫陈静姑，是唐代宗大历年间人。她出生时有五条龙为其喷水洗浴。后来大旱，陈静姑带着身孕上台求雨，不幸小产身亡，临死发誓要做神仙搭救难产的女人。曾经有一位妇女怀孕17个月不生，天帝派陈静姑去助产，使母子安然无恙。从此她名声大振，被尊为临水娘娘、顺天圣母。其实，这也是妇女们在没有地位、科学不发达的时代塑造的一位保护神，也是她们畏惧难产鼓舞自己的一种方式。

元宵节

正月十五元宵节，是我们中华民族最具特色的传统节日之一，也是春节系列活动的第二个高潮。因这晚是新年第一个月圆夜，元宵节也叫元夕节、上元节。因历代在此节日有观灯习俗，又称灯节。此节已经有两千多年历史，经历了从宫廷到民间，从中原到各地的传播认同过程。据记载，西汉即已重视正月十五，汉武帝此夜在甘泉宫祭祀“太一”的活动，被后人视作正月十五祭祀天神的开始，而其真正作为民俗节日则是在汉魏之后。

汉明帝永平年间（58—75），因明帝提倡佛法，适逢蔡愔从印度求得佛法归来，称印度摩揭陀国每逢正月十五，僧众云集瞻仰佛舍利，是参佛的吉日良辰。汉明帝为了弘扬佛法，下令正月十五夜在宫中和寺院“燃灯供佛”。因此正月十五夜燃灯的习俗随着佛教文化影响的扩大及道教文化的加入逐渐在中国扩展开来。

元宵节放灯在唐代发展成为盛况空前的灯市，中唐以后已成为全民性的狂欢节。唐玄宗（685—762）时的开元盛世，长安的灯市规模很大，燃灯五万盏，花灯样式繁多。皇帝命人制作巨型灯楼，广达20间，高150尺，金光璀璨，极为壮观。以后历代的元宵灯会不断发展，灯节的时间也越来越长。唐代的灯会是“上元前后各一日”，宋代又在十六之后加了两日，明代则延长到从初八到十八整整十天。到了清代，满族入主中原，宫廷不再办灯会，民间的灯会却一直延续，只是日期缩短为五天。

新中国成立后，滁州仍有灯会习俗。《来安县志》载：“1984年春节期间，来安县400多人组成的34个灯班赴滁县参加地区灯会比赛，花灯首尾长二三华里，轰动滁城。1985年，在团县委的组织下，县城各学校还举行了一次彩灯晚会”。由此可见当时滁县地区灯会的规模宏大，各地春节文化活动丰富多彩。《滁州市志》载：“1991年，举办首届滁城南湖元宵灯会，滁州卷烟厂、人保滁州分公司、荣华巾被有限公司等30多家企业制作精美花灯参展”。造型各异、色彩斑斓的莲花灯、鲤鱼灯、龙凤灯、帆船灯

滁县地区春节灯会　1985年朱明摄

滁州南湖元宵灯会　1994年2月24日王道琼摄

等各式花灯点缀在南湖沿岸和湖面上，映衬着波光粼粼的水面，亦梦亦幻，分外迷人。人们在河岸边、花灯下缓缓慢步，谈笑风生，享受着节日的欢乐气氛。热闹非凡的南湖元宵灯会曾经给滁州人留下了很多美好的记忆。

元宵　2020年3月24日王道琼摄

农村孩子热衷“元宵节扔火把”活动，用铁钉在罐子外面打上眼，一个挨着一个，用铁丝穿一个拎把，再拴上绳子。当暮色降临，大的孩子帮着从灶台底下掏出烧得通红的木头棒子或者焦炭，小心地放入铁罐子里面。然后拎着它们到远离房子和住家的田埂上去。站定后，便紧紧地握住绳子一端把罐子抡起来，一圈圈地在空中旋转。透亮的火星便从罐子的钉眼里冒出来，如一颗颗亮晶晶的星星在夜晚的田野里仿佛天女散花般的四下散去。还有的孩子直接把不用的扫帚用绳子拴住点燃了，那燃烧的“火把”在越来越快的旋转中撒下或大或小的火花。

元宵节这天，家家户户必备的美食就是元宵了。元宵作为食品由来已久。宋代，民间即流行一种元宵节吃的新奇食品。这种食品，最早叫浮元子，后称元宵，生意人则美其名曰元宝。元宵即汤圆，以白糖、玫瑰、芝麻、豆沙、黄桂、核桃仁、果仁、枣泥等为馅，用糯米粉包成圆形，可荤可素，风味各异。可汤煮、油炸、蒸食，有团圆美满之意。

在滁州，除了水煮元宵外，更多的人家喜欢把元宵炒熟或油炸着吃。元宵面通常是在冬月里就要开始制作的。人们把糯米淘洗干净后，用石磨磨碎或者送到豆腐坊里打磨成米浆。在木盆或塑料盆里装上半盆的草木灰，上面再覆上大块的蚊帐纱布，然后把米浆倒入纱布，待草木灰吸干了米浆里的水份，趁着晴好天气拿出来掰成一小块一小块的曝晒，在晒的过程中要不时地翻转米面块，直到干透。若碰不上好天，糯米面很容易变质，即便看起来是雪白的但煮的时候会变成红色。变质的元宵面是不能再吃的。

炒元宵也有不同的做法。元宵面要和得硬些，不能像煮的元宵那么软。先在锅里放点油，待锅烧热后再逐个把元宵丢进去，丢的过程中要不停地翻动，以防止粘到一块。元宵炒熟后，调些红糖或白糖水倒入锅内，待糖水煮沸便可以出锅。另一种做法是直接把做好的元宵放入油锅里煎炸至熟透。

立 春

立春，也叫打春，是二十四节气之一。“立”是开始，“春”代表温暖、生长，意味着寒冷的冬季已过去，风和日暖、万物生长的春季来临。立春与立夏、立秋、立冬合称“四立”，反映着一年四季的更替。夏朝时，曾经以立春日为正月节。传说炎黄时期的西方天帝是少昊，为鸟国的国王。他在立春这天喜得一子，取名勾芒。因为春天豆芽像弯勾，草叶像尖芒，是春天的象征，这便是后来的春神。现在的立春，一般在阳历2月4或5日，而农历有时在腊月，有时在正月。旧时，人们在立春时有迎春、祀奉春神、送春、咬春等习俗。

立春作为一种古老的节日民俗文化，据说兴起于西周时期。《礼记·月令》记载，先秦每逢立春之日，天子即率领三公九卿到郊外迎春，并亲身示范教民稼穑，“天子亲载耒耜，措之于参保介之御间，帅三公、九卿、诸侯、大夫，躬耕帝藉。天子三推，三公五推，卿、诸侯九推。”后来，就成为官民共同遵守的礼俗，历代最高统治者都照行不误，每年春季“出土牛以示农耕早晚”。县府的开耕仪式由县官主持，乡村的春耕仪式由民间组织主持。历代沿袭，唐宋尤盛，至今已有3000多年。这种习俗，一般以四人抬泥塑春牛为象征，由春官执鞭，有规劝农事、策励春耕的含义，也是喜庆新春、聚会联欢的形式。这仪式发展到了明清，更是隆重，据清人的《燕京岁时记》载：“……立春先一日，顺天府官员至东直门外一里春场迎春，立春日礼部呈进春山宝座，顺天府呈进春牛图，礼毕回署，引春牛而击之，曰打春……” 男人们“鞭春”时，女人们“戴春”，她们头戴色彩艳丽的头饰，也用裁剪的春燕、春蝶做饰物，或用布缝制小娃娃，叫作春娃，佩戴于身上。人们还会制作小泥牛，或画“春牛图”相互赠送，称之为“送春”，以示人勤春早、五谷丰登的吉祥彩头。

迎春仪式上打春牛用的“春牛”多以桑木为骨架，取家乡“桑梓”之意。早在冬至前后，当地父母官就会按照天干地支纪年法，选择辰日辰时，在当地最肥沃的田地里取土为“春牛”塑身。春牛的牛身长三尺六寸五，象征一年 365 天；牛尾长一尺二寸，象征一年 12 个月；四蹄象征四季。在立春前一天，当地官员会悉数沐浴更衣，身着常服，步行至“春牛”的供奉点，排摆香案，设置供桌，焚香叩首，以表示对“春牛”的无尚尊敬。“春牛”一般供奉在当地土地庙或者当地最大的祠堂内，等待第二天迎春仪式的到来。南宋诗人杨万里《观小儿戏打春牛》生动再现了当时打春牛场景：“小儿著鞭鞭土牛，学翁打春先打头。黄牛黄蹄白双角，牧童缘蓑笠青箬。今年土脉应雨膏，去年不似今看乐。儿闻年登喜不饥，牛闻年登愁不肥。麦穗即看云作帚，稻米亦复珠盈斗。大田耕尽却耕山，黄牛从此何时闲？”

2018 年 2 月 4 日，时值立春。滁州市来安县水口镇在建阳文化公园广场上举办立春文化节，中断数年的迎春仪式重新开启。四

打春牛　2018年2月4日甄建义摄

邻八乡的群众纷纷赶来观看参与打春牛。只见“春牛”头顶红绸，脚踏彩带做成的方田。“春姑娘”、老农、孩童等手执柳条彩鞭，围着“春牛”边打边走，口中念唱着：“迎来芒神，鞭打春牛，一打风调雨顺，二打国泰民安，三打五谷丰登，四打六畜兴旺，五打万事大吉、六打天下太平……”随后，一位老农端上草料和煮熟的黄豆做成的豆包，捧于“春牛”嘴边，谓之“敬牛”。

立春这天，滁州人多吃萝卜、豆芽、韭菜、葱、姜等，俗你“咬春”。人们普遍做春卷，就是将肉、菜用薄薄的面皮裹住，在油锅中炸熟，吃起来外脆里嫩。也有吃春饼的，就是用白面裹上豆芽、粉丝、韭菜等烙成圆形小薄饼食用，也叫春饼合菜。

吃春酒

滁州历来有吃春酒的习俗。一般是正月初四以后，亲戚朋友之间开始吃春酒，大家互相宴请和拜访，以此联络加深感情。俗谚“春酒，春酒，一抵一口，吃了不还，等于喂狗”。

吃春酒的习俗由来已久。清代地方志关于立春的记载中常常提到“饮春酒”。《天津县志》载：“亲友诣门互拜，数日交相宴会，名曰请春酒。”

通常，家族大或亲戚朋友多的人家吃春酒要吃到二月里。首先是亲戚之间，如舅舅叔伯、七大姑八大姨，一家一家相互之间吃春酒。然后是朋友和单位同事，还有街坊邻居，相互之间再来一圈。

吃春酒，当然得有酒。在物质匮乏的年代，酒是奢侈品，也是紧缺商品。最平常的是几毛钱一斤的散装酒。瓶装酒很稀缺，也很少有人家能买得起。不少人家为了能让亲朋好友喝得尽兴，把平常难得的酒都收藏起来，等到吃春酒的时候再拿出来待客。到了吃春酒的时候，主人会特地将能喝酒的客人安排坐在一张桌上，尽量让每个人都喝得尽兴、喝得开心。桌宴上的下酒菜少不了鸡鸭鱼肉和自家菜园子里种的各种蔬菜，若是山里或条件好些的人家还会有野兔、野鸡等特色佳肴。

人们相互间吃春酒通常会带上年礼。80 年代以前的年礼很简单，一般是红糖和方片糕，有的配些小京果、糖角、麻团、饼干之类。红糖表示尊重，方片糕代表步步高。以前，商店卖的红糖都是用牛皮纸包着，纸包用写春联剩下的红纸制作而成，最后再用红线或麻绳系上，拎着去拜年。后来，随着物质生活水平的提高，吃春酒，无论是喝的酒，吃的菜，还是带的年礼，品种与花样都越来越丰富。

现如今，人们的生活节奏日益加快，很多传统习俗已逐渐淡化，但吃春酒的习俗仍然保留着，亲戚朋友之间，去酒店、去餐馆，点上一桌喜欢吃的菜肴，摆上喜欢喝的酒水饮料，便可以轻轻松松地吃春酒。

吃春酒，在历史的长河里，承载着厚重的亲情、友情和乡情。时代在变，生活在变，吃春酒的形式和内容也在变，不变的是那依然散发着烟火气息的乡风民俗……

龙抬头

农历二月二是龙头节，俗称“龙抬头”，又称春耕节、农事节、青龙节、春龙节等。相传远古时期伏羲重视农桑，每年二月二都要亲自扶犁耕地，引导人们开始春耕春种。到黄帝、尧帝时仍然如此。武王建立周朝时倍加重视农桑，每年二月二举行春耕仪式，而且形成了一项国策。此时临近惊蛰，中原一带春耕生产渐入高潮，如果干旱就不能播种，所以希望能够下雨。伏羲号为龙师，而龙为百虫之首、部落图腾，人们就祭拜龙，祈盼龙能行

半塔镇“二月二龙抬头”民俗活动　2019 年 3 月 8 日王祖道摄

留辫子的小男孩　2013 年 2 月 22 日王道琮摄

云布雨、消灾赐福。“龙抬头”正式形成民俗传统节日是在元朝，反映了广大民众对春雨的企盼，希望有足够的雨水，为秋天的五谷丰登打下基础。

在滁州，素有“二月二龙抬头，家家小孩剃毛头”之说，一些地方至今还流传着这样的儿歌，“二月二，剃龙头，春风送雨盼金秋。二月二，龙抬头，臣子耕地龙牵牛……”这一天，男子不论大人小孩都要“剃龙头”，以表示对龙王的恭敬和虔诚。大多数人家还会选择在这天娶媳妇过门。家里如果有属龙的，这天还要烧几个菜，全家人聚餐，以示庆贺。有的人家男孩特别金贵，头上留辫子，到十二岁这年的二月二日，才将辫子剪去。老者“留胡子”，也往往选择在这一天剃去。

另外，民间还广泛流传“正月剪头死舅舅”的习俗，很多人正月都不光顾理发店，直到“二月二”才解禁。故到这一天，每家理发店都是顾客盈门，生意兴隆。据考证，“正月剪头死舅舅”这一习俗源于1644年清廷颁布剃发令的前后。当时，清廷命令所有国民必须剃发，有的人为怀念明朝，就在正月里不剪发以表示“思旧”。但又不能公开与清廷对抗，于是就有了“正月剪头死舅舅”的说法，一直流传至今。

农历二月已是仲春时节，自然界万物复苏，草长莺飞，也是文人墨客寄情抒怀的季节。有不少著名诗人在二月二这天留下诗文。如：宋朝王庭珪的《二月二日出郊》：“日头欲出未出时，雾失江城雨脚微。天忽作晴山卷幔，云犹含态石披衣。烟村南北黄鹂语，麦陇高低紫燕飞。谁似田家知此乐，呼儿吹笛跨牛归？”唐白居易《二月二》“二月二日新雨晴，草芽菜甲一时生。轻衫细马春年少，十字津头一字行。”李商隐同题诗云：“二月二日江上行，东风日暖闻吹笙。花须柳眼各无赖，紫蝶黄蜂俱有情。万里忆归元亮井，三年从事亚夫营。新滩莫悟游人意，更作风檐夜雨声。”

清明节

“清明时节雨纷纷，路上行人欲断魂。借问酒家何处有？牧童遥指杏花村。”这是大家都很熟悉的古诗《清明》，由唐代诗人杜牧所写。清明节大概开始于周代，距今已经有两千五百多年的历史。古时又叫踏青节、三月节、祭祖节、扫墓节、鬼节等。公历4月5日前后为清明节，既是节气，也是传统节日。2007年12月，清明节被国务院确定为法定节日之一。2013年，清明节被

放飞 2015年4月吴宗宝摄

列入第一批国家级非物质文化遗产名录。

随着时代的变迁，清明节的节日习俗和节日的目的意义也在不断变化。清明最开始是一个很重要的节气，清明一到，气温升高，正是春耕春种的大好时节，故有“清明前后，种瓜种豆”“植树造林，莫过清明”等农谚。后来，由于清明节与寒食节的日子接近，而寒食节是民间禁火扫墓的日子，渐渐地，寒食与清明就合二为一了，而寒食既成为清明的别称，也变成为清明时节的一个习俗，即清明之日不动烟火，只吃凉的食品。清明节期间，除了各种禁火、祭祖、扫墓、踏青、插柳等习俗之外，还有千百年来倍受人们喜爱，延续至今的放风筝、荡秋千等游乐风习。

寒食禁火、祭奠先人的习俗在周代即已蔚然成风。有关寒食节则有这样的传说。春秋时期，晋国的大臣介子推，保护晋国的大公子重耳出逃。在饥寒交迫之际，为了不让重耳饿死，介子推甚至把自己的大腿肉割下来给重耳吃。后来重耳当上了晋国的大王，要给介子推封官，介子推不肯做官，隐居到大山里。重耳为了迫其出山相见而下令放火烧山，介子推最终被火烧死。重耳后悔不已，为了纪念介子推，规定这一天为寒食节。唐朝之后，寒食节逐渐淡化，在清明节扫墓祭祖一直沿袭至今。唐朝大诗人白居易《寒食野望吟》诗云：“丘墟郭门外，寒食谁家哭？风吹旷野纸钱飞，古墓累累春草绿。棠梨花映白杨树，尽是生死离别处。冥漠重泉哭不闻，萧萧暮雨人归去。”宋朝诗人高翥也曾于一诗中描写道：“南北山头多墓田，清明祭扫各纷然。纸灰飞作白蝴蝶，泪血染成红杜鹃。日落狐狸眠冢上，夜归儿女笑灯前。人生有酒须当醉，一滴何曾到九泉！”

清明节对于滁州人来说，不仅是祭奠祖先、慎思追远的节日，也是认祖归宗的纽带，即便长途跋涉，也要赶回来到先人坟前祭扫。人们习惯称清明祭扫为“上坟”，时间为前十天后十天，绝大多数人家会选在清明前十天。上坟时要带着铁锹挖黄土放在坟顶上，谓之“亡人碗”，或称“戴帽子”，表示为坟地修葺之意。坟“帽子”要与坟内所葬者数量一致，底下要压上白纸条，称“压幡”，说明这座坟墓还有家人年年祭扫盘坟。扫墓结束后，要折一束松枝带回家插在门口，以告示乡邻亲友祭扫先人的责任已履行。若家有新丧，则要在第一个清明节置办素食，一般为四碟四碗，如果是成年男性，“上坟”时还需要带些白酒、香烟等在坟前敬上。对于安葬在公墓或陵园里的祭扫，则要简单些，一般是放上供品，在坟前上香祷祝，烧些纸钱冥币，或简单地献上一束鲜花，以寄托对先人的怀念。

清明追思　2015 年吴宗宝摄

新中国成立后，机关企事业单位、学校在清明时节组织祭扫革命烈士墓，聆听革命故事，追思怀念革命前辈，也日渐成为一种新的祭扫风俗。

清明时节正值春回大地，也是户外踏青的好时光。人们往往在举家扫墓之余，畅玩游乐于乡村田野。也有的人特意到大自然去欣赏和领略生机盎然的春日景象，让严冬以来的郁结心绪在明媚的春光里飘散而去。这种踏青也叫春游，古代叫探春、寻春。古时，妇女平日不能随便出游，清明扫墓是难得的踏青机会，故民间有“女人的清明男人的年”之说。

人们踏青时顺手折下几枝嫩绿的柳条，或拿在手中把玩，或编成帽子戴在头上，或带回家插在门楣、屋檐上。有谚语云“清明不插柳，红颜成皓首”“清明不戴柳，死后变黄狗”，可见清明折柳、插柳、戴柳在旧时是很普遍的习俗。究其渊源有三种说法，一说是为了纪念发明各种农业生产工具并曾“尝百草”的农事祖师神农氏；一说是介子推死时所抱的柳树后来复活，晋文公赐名为清明柳，并折柳成圈戴在头上，此习俗后传入民间。又一说是柳枝有灵性，具有辟邪作用。《齐民要术》中写道：“取杨柳枝著户上，百鬼不入家。”清明节亦是鬼节，因而借柳枝辟邪驱鬼自然也就在情理之中了。虽然有着不同的典故源流，但这些风俗都表达了人们对春回大地的喜悦。

旧时亦有“折柳赠别”的风俗。因“柳”与“留”谐音，折柳枝赠别亲友以示难分难离、恋恋不舍的挽留之意。这种习俗最早起源于《诗经·小雅·采薇》“昔我往矣，杨柳依依”。另有大量古代诗词提及折柳赠别之事。唐代权德舆诗：“新知折柳赠”，宋代姜白石诗：“别路恐无青柳枝”，明代郭登诗：“年年长自送行人，折尽边城路旁柳。”人们不但见了杨柳会引起别愁，就连听到《折杨柳》曲，也会触动离绪。如李白《春夜洛城闻笛》：“此夜曲中闻折柳，何人不起故园情。”

在柳枝摇曳的清明时节，除了单位组织的踏青等活动外，人们也会自行选择游乐方式和出游地点。而在城郊或农村，人们仍喜欢折柳插于屋檐下或戴在头上。

蚕月挂红

古滁州以农桑为主。清光绪《滁州志·食货志二》载："光绪二十二年，请准北牙厘局给湖桑四千株，环城而植，数年后蔚然成林，可供蚕食矣。""战乱后养蚕颇多，每年可出茧四千斛"。农历四月，正是蚕宝宝生长结茧的关键时期，故此月又被称为"蚕月"。滁州的养蚕人家，为免除蚕宝宝染病，家家大门紧闭、边门进出，并在门上挂贴红纸等。人们但凡见到门上"挂红"便不相往来，形成"蚕家忌客门门闭"的奇特习俗，也有俗称"放蚕忙""蚕关门"。由于此俗既关系到养蚕人家的经济利益，也关系到官府丝商赋税营生，所以不但乡邻亲友间自觉遵守，互不破禁，就连官府也停止诉讼，延缓征收赋税等事宜。《棂园消夏录》中有"三吴蚕月，风景殊佳，红贴粘门，家多禁忌，少妇治此事者，往往独宿"的记载。"蚕关门"期间，蚕宝宝需经过头眠、二眠、出火、大眠等阶段直到上簇制茧。待到采茧之后，养蚕人家便将"挂红"取下，相关禁忌解除，俗称"蚕开门"。此后，至亲好友便可以相互往来探视，谓之"望山头"或"望蚕讯"。

直到六七十年代的滁州农村，养蚕人家在"蚕月"挂红的习俗依然存在。后来，随着种养业结构的调整，植桑养蚕逐渐消失，

蚕房里的姑娘　1971 年朱明摄

蚕月挂红的习俗在滁州已然罕见。但在城市乡村的角落里，仍然散落生长着一些桑树。每到养蚕季节，一些小学、幼儿园还会让孩子们在家里少量地养蚕，以便观察蚕宝宝的孵化生长、结茧成蛹、破茧成蝶过程。每到桑椹成熟季节，人们还可以在城市或乡村采摘到桑椹，品尝到那酸酸甜甜的原生态美味。

端午节

农历五月初五为端午节。在中国所有传统节日中，端午节的名称最多，有龙舟节、重午节、端阳节、端五节、五月节、菖蒲节等多个名称，而在滁州，俗称“五月节”。

端午节与春节、清明节、中秋节并称为中国四大传统节日，世界上一些国家和地区也有庆贺端午的活动。端午节于2006年被列入首批国家级非物质文化遗产名录，2008年成为国家法定节假日，2009年成为中国首个入选世界非遗的节日。

端午节形成的历史文化因素很多，夏商周三代夏至习俗是它的主要来源。夏至以后，天气越来越热，疫情进入高发期。那时人们为防瘟疫，驱邪避毒，保证身体健康，要佩戴香袋、缠五色丝，在门上插艾草和菖蒲以防止恶气，期间还会举办一些文体活动。后来渐渐转化为集祈福消灾、欢庆娱乐为一体的民俗大节。滁州过端午节的习俗与全国各地大同小异，也有一些自己的特色。

吃粽子、饮雄黄酒

端午吃粽子的风俗，千百年来盛行不衰。粽子，古称角黍。在甲骨文中就有了“粽子”一词。西周之后演变为端午包新黍

（黏米）以献神灵的习俗。包角黍的植物叶子主要是菰叶等，后来北方多用苇叶，南方也用竹筒装米煮烤。历史上有关粽子的文字记载最早见于汉代许慎的《说文解字》，将其解释为“芦叶裹米也”。西晋周处所写的《风土记》明确提到了“角黍”一词：“仲夏端五，方伯协极。享用角黍，龟鳞顺德。”粽子最初是用来拜祭祖先和神灵，具体起源年代无考。东汉末年，人们以草木灰水浸泡黍米，用菰叶包黍米成四角形煮熟，因灰水中含“碱”，称为碱水粽。晋代，正式定粽子为端午节的节庆食品，吃粽子已在全国普及，样式逐渐增多。有角者为角黍，用竹筒者为筒粽。南北朝时期，出现杂粽，黍中掺杂猪肉、鸡肉、板栗、红枣、赤豆等，还有的放一些中药材。粽子外面用五色线缠好，或用马莲草等捆缚，并被用作交往的礼品。到了唐代，粽子的用米，已“莹白如玉”，形状有锥形、菱形等。宋朝时，已有“蜜饯粽”，即果品入粽。明、清两代，粽子成了吉祥食品。相传，那时凡参加科举考试的秀才，在赴考场前，要吃家中特意给他们包的“笔粽”，样子细长很像毛笔，谐音“必中”，为的是讨个口彩。

滁州地处江淮之间，多种口味的粽子并存。人们在端午节来临之前，去竹林拾竹叶，扎成一小捆一小捆的放在家中。五月初四早上，将竹叶连同捆扎粽子的蔺草放进大锅里用水煮开，煮的时候要倒点菜籽油。待煮透后放进大盆加入冷水浸泡着，然后把竹叶逐个顺平整反向折成块状，折到五六个的时候扎成一小扎。下午，把浸泡后的糯米淘洗干净便可以开始包粽子了。包的时候可以根据个人喜好加些红豆、蜜枣或猪肉之类的馅料。包粽子讲究技巧，拿捏要到位，捆扎要紧实，这样粽子包出来有棱有角，煮的时候不会漏米，中看又好吃。能否包成三角、四角、菱形或斧头形的四面锥体要看包粽子人的技巧和熟练程度了。晚上，将包好的粽子连同咸鸭蛋、鲜鸡蛋煮好后闷在大锅里。初五早上再揭锅盖捞起粽子和鸭蛋、鸡蛋，在碗里倒上白糖，剥开清香的粽子蘸着白糖吃。孩子们则会用头绳或塑料细线编织成网袋子，将煮熟的鸭蛋、鸡蛋放入后挂在脖子上，仿佛戴着战利品一样四处炫耀着。

滁州端午饮雄黄酒的习俗从前极为盛行。古语云："饮了雄黄酒，病魔都远走。"雄黄是一种矿物质，俗称"鸡冠石"，其主要成分是硫化砷，并含有汞，有毒。一般饮用的雄黄酒，只是在白酒或自酿的黄酒里加入微量雄黄而成，没有纯饮的。雄黄酒有杀菌驱虫，破解蛇、蜈蚣、蜥蜴、蜘蛛、蝎子"五毒"的功效。看过《白蛇传》的人们都会记得，白娘子在端午那天喝了雄黄酒后现出原形，应该源自雄黄镇蛇的功效吧。明代冯应京在《月令

社区包粽子比赛　2019 年 6 月 5 日赵志明摄

广义》中写道："五日用朱砂酒，辟邪解毒，用酒染额胸手足心，无会虺蛇（古书上说的一种毒蛇）之患。又以洒墙壁门窗，以避毒虫。"中医还用雄黄酒来治疗皮肤病。在没有碘酒之类消毒剂的古代，用雄黄泡酒可以祛毒解痒。对于未到喝酒年龄的小孩子，大人则给他们的额头、耳鼻、手足心等处涂抹上雄黄酒，意在消毒防病，虫豸不叮，平安度夏。

除了吃粽子、饮雄黄酒以外，在20世纪90年代以前的滁州农村，还流传过端午吃糖糕、油条的习俗，寓意着生活甜美圆满。那时侯，通常是各家拿了面粉或白糖等原材料，送到一家去集中制作，然后根据每家送的原料多少进行分配。后来，便是到街道上的油条铺子买现成的油条、糖糕。那种集体的如同大家庭般的互助互利的生活生产方式虽然在农村早已消失了，但每每忆起，人们仍非常怀念那时朴素的人情与无间的温暖。

插艾草和菖蒲

门悬艾草和菖蒲的习俗在滁州一直流传至今。有谚语云："清明插柳，端午插艾"。每至端午，人们总是将艾草置于家中以"避邪"。南北朝梁宗懔编撰的《荆楚岁时记》中曰："鸡未鸣时，采艾似人形者，揽而取之，收以灸病，甚验。是日采艾为人形，悬于户上，可禳毒气。"

艾即白艾，也叫家艾、艾蒿，菊科多年生草本植物，在古代一直是药用植物，性温味苦，可以去寒湿。把干艾搓成绳点燃驱蚊蝇，用艾绒做成灸条治病，在西汉时就已使用。在滁州乡村田野山坡上，春夏季节随处可见一丛丛、一片片的艾蒿，可以随便割取，或移栽在房前屋后。滁州民间也一直有妇女产后用艾蒿洗澡或熏蒸的习俗，有通经活络、调理气血的作用。

菖蒲是多年生的水生草本植物，属天南星科，多为野生，也可以在田中种植，古人认为它就是天星的再生。它狭长的叶片含有挥发性芳香油，是提神通窍、健骨消滞、杀菌消毒的药物。菖蒲的长叶上有一条脊线，状如宝剑，据说插在门口可以避邪，所以方士们称它为“水剑”，后被引申为“菖蒲剑”，可以斩千邪。菖蒲散发出的芳香能驱赶飞虫，使空气清新。而今，在城市乡村，在端午前的集市上都可以买到新鲜的艾蒿和菖蒲。

民间也有关于插挂艾草和菖蒲的一些传说。相传黄巢在唐僖宗时造反，到邓州准备大肆屠杀时，看见一个妇女一手拉着一个小小孩，另一只手却抱着一个大些的孩子。他抽刀准备杀死她，又觉得有些奇怪，询问后才知道，女人抱着的大孩是她大哥的遗孤，小小孩才是自己亲生的。黄巢十分敬佩，认为她是天下少有的义妇，就挥剑砍下路边的艾草和菖蒲，让她回去挂在门上，并告诉将士们凡挂艾草、菖蒲者一律不能杀，于是形成了端午插艾草和菖蒲

门悬艾草和菖蒲　2020 年 6 月 25 日王道琮摄

的习俗。

系五色丝线、佩香囊

五色丝线，又称五色丝、五彩丝。应劭《风俗通》中说："五月五日，以五彩丝系臂者，一名长命缕，一名续命缕，一名辟兵缯，一名无色丝，一名朱索。辟兵及鬼，命人不病瘟。又曰，亦因屈原。"古代崇敬五色，以五色为吉祥色。因而，节日这天清晨，各家便在孩子手腕、脚腕、脖子上拴五色丝线。系线时，儿童不能开口说话。至于何时解线，则有两种说法。一说要到端午节后的第一个雨天，把五色丝线剪下来扔在雨中，谓之可去邪祟、禳灾异，会带来一年的好运。另一说要到"七夕"才解下五色丝线连同金楮一起焚烧。实际上，五色丝线可以驱邪避瘟的象征意义远远大于实际功能。端午以五色丝线系臂，曾是很流行的节俗。传到后世，即发展成如长命缕、长命锁、香包等许多种漂亮饰物，制作也日趋精致，成为端午节特有的民间工艺品。现在的女孩们仍然在端午系五色丝线，成为一种时尚的手腕装饰。

香囊，又叫荷包、香袋、香包，一般是内装具有芳香开窍的中草药，有清

香、驱虫、避瘟、防病的功效。香囊用五色丝线缠绕而成，或者用彩色绸缎等布料包上棉花，装入川芎、白芷、丁香、山艾、细辛、甘松、甘草、雄黄粉等中药粉，再用彩绸扎绣而成，下边还垂上红、绿、青、蓝、紫各种线穗，佩在胸前，香气扑鼻。端午节小孩佩香囊，传说有避邪驱瘟之功效。香囊可制作不同造型，形形色色，小巧玲珑，精致美观，现已成为很普遍的民间工艺品。

赛龙舟、悬钟馗像

清代至民国时，滁州乌衣、珠龙，全椒县赤镇等沿河地区就有端午节赛龙舟的习俗。这天，河岸码头和沿河两岸站满了观看赛龙舟的老百姓。祭祀龙神后，主持赛事者即安排人员将数百只活的鹅、鸭放入河中，让赛龙舟人争夺。参赛者中负责划舟的一个个卯足劲把龙舟划得飞快，负责捉鹅、鸭的则瞅准机会快速下手。激烈的龙舟竞渡使得观众或高声叫好，或拍手鼓掌，好不热闹。赛龙舟最后以谁划得快，捉到的鹅、鸭多来判定胜负。

赛龙舟，也叫划龙船、龙船赛会。传说龙戏水好飞，善于变化，有行云布雨、司水理水的职责，故自古以来龙就受到顶礼膜拜。赛

滁河端午节赛龙舟（1980年代）

龙舟也是古代龙图腾祭祀的节仪，后被赋予了纪念屈原的意义。屈原早年受楚怀王信任，任左徒，主张楚齐联合，共抗秦国。在屈原努力下，楚国国力有所增强。但由于自身性格耿直，加上他人谗言与排挤，屈原逐渐被楚怀王疏远。楚怀王二十四年（前305年），屈原被逐出郢都，流落到汉北。后来又被召返。楚怀王三十年（前299年），楚怀王不听屈原劝阻，执意入秦被扣留后客死秦国。楚顷襄王即位后听信谗言，再次驱逐屈原。前278年，秦兵南下，攻破楚国郢都，悲愤不已的屈原写下绝笔之作《怀沙》，毅然于五月初五抱石投入汨罗江以身殉国。沿江百姓纷纷引舟前去打捞，沿水招魂，并将粽子投入江中，以免鱼虾吞食他的身体。后来人们便把这一天作为纪念屈原的节日。

全椒县赤镇端午节赛龙舟（1983年）

所谓龙舟，古代都是由整木雕成。在船头上安有高昂的龙头，船尾上翘起一个龙尾，船身两侧多绘刻龙纹。龙舟一般长25~40米，能载20~50人。后来发展为木板制作的龙形船。龙舟竞渡分为请龙、祭龙、游龙和收龙等几个步骤。龙舟竞渡前一般都要举行隆重的祭祀仪式，先要请龙、祭神。通常要在端午前选择吉日从水下起出龙船，祭过神后，安上龙头、龙尾，再开始龙舟比赛。

清末画家任伯年笔下的钟馗

如今，赛龙舟习俗在滁州已消失，但在皖南和广东、湖南等地仍然延续着。

旧时每逢端午，滁州家家户户都悬挂钟馗像，用以镇宅驱邪。据传唐玄宗开元年间，一日，唐明皇自骊山讲武回宫，疟疾大发，梦见一大一小二鬼。小鬼穿大红无裆裤，偷杨贵妃之香囊和明皇的玉笛，绕殿而跑。大鬼则穿蓝袍戴帽，捉住小鬼，挖掉其眼睛，一口吞下。明皇喝问，大鬼奏曰：臣姓钟馗，即武举不第，愿为陛下除妖魔。明皇醒后，疟疾痊愈，于是令画工吴道子，照梦中所见画成钟馗捉鬼之画像，通令天下于端午时，一律张贴，以驱邪魔。现在的滁州，已很少有人家再悬挂钟馗捉鬼图了，即便逢年过节，也难以再买到钟馗画像。

六月六

六月六晒霉的习俗，据说来自于《西游记》中唐僧晒经的故事。话说唐僧师徒四人取经回来要过通天河，遇到了之前的老龟。老龟曾托他们问佛祖何时得人身，但这次却问唐僧，佛祖是否告知它的寿命。唐僧在灵山时因被无字经书的事折磨而忘了问佛祖。结果已驮至河中的老乌龟发怒，身子一歪把他们掀进河里去了。那些从西天取回的经书也被河水泡湿了。师徒们上岸后便在一块大石头上一本本地晾晒经书，这一天是农历六月初六，后来就有了晒书籍、衣服的习俗。

早在唐朝就有“六月六，晒红绿”的谚语。红绿指的是各色衣裳被子，六月六这一天要拿到阳光下曝晒，晒过后不发霉不生虫。《燕京岁时记》亦载：“京师于六月六抖晾衣服书籍，谓可不生虫蠹”。皇宫里要晒“銮驾”、龙袍，皇

史宬要晒档案、书籍。项维贞《燕台笔录》也云：“六月六日，本非节令，但内府皇史宬曝列圣实录、列圣御制文集诸大函，则每岁故事焉。”

这一天，佛寺道观举行盛大的“晾经法会”，僧众要礼佛诵经，如天气晴朗，就把所有经典从藏经楼拿出来晾晒。文人会将收藏的书籍画卷，取出来放在太阳底下晾晒一下，亦称“晒书节”。士大夫家及平民百姓也于此日晒裘衣杂物，以防上霉虫蛀。喜轿铺要晒轿围、桌围、执事旗伞的绣片，以及轿夫的衣服鞋帽；估衣铺要晒估衣；皮货铺要晒皮货；药店里要晒生熟药材……旧时，没有防腐防霉药物，人们认为六月六的井水可以防霉，凡是酿造酱醋的作坊，都抢着五更初时到井台汲水，用大缸小缸储存起来，说是用它做酱造醋不长醭，质纯味正，为上乘佳品。人们也常在此日用桐油涂饰木结构的门窗和梁柱，说是可以防水防烂。

这一天，传说晋国时代就认定此日是大禹的生日。唐皇甫谧在《帝王世纪》说：“鲧纳有莘氏，臆胸坼而生禹于石纽。郡人以禹六月六日生，是日熏修裸飨，岁以为常。”这个祭禹的仪式一直到宋朝还在举行着，并定为“天贶节”。“天贶”意为“上天恩赐”，源于宋真宗赵恒。据《宋史》记载，宋真宗夜梦神人自天而降，对他说，上天将降大中祥符三篇，以示祥瑞。后果有天书频频降临。真宗为感谢天恩，改元为“大中祥符”，规定每年六月六为天贶节。还在泰山脚下的岱庙建造一座宏大的天贶殿。对于此日盛况，《宋史·真宗纪》中记载：“京师断屠宰，百官行香上清宫”。

滁州民间还有“六月六，请姑姑”的风习。传说春秋战国时期，晋国卿狐偃骄傲自大，气死亲家赵衰。第二年晋国夏粮遭灾，狐偃出京放粮，临走他对家人说，六月六日会赶回家过生日。女婿得知消息，决定在此日杀狐偃，替报父仇。女儿得知消息后，于六月初五跑回娘家报告凶信。六月初六，狐偃请来女婿，让至上席就座，当众示悔希冀两相和好。至此翁婿前仇尽释。为了记住这个教训，狐偃每年六月六日都要请回女儿女婿团聚一番。此事传扬出去，老百姓个个仿效，也都在六月六日接回闺女，应个消灾解怨、免灾去难的吉利。此俗相沿成习，流传至今，称为“姑姑节”。

这一天，还是66岁的老人们共同的“生日”。凡是岁在66的老人，不论是何月何日生，都要在六月初六这一天过生日。这一天出嫁的闺女也要回娘家给父母做寿，礼物是一大块肥肉。民间有“六十六，吃块肉”的说法，亦含长命百岁之意。

荷花生日

六月二十四日俗传是荷花生日，又名莲诞节、观莲日。这一天，人们或到荷花荡游逛，或用纸制成花灯，点燃放在河道里为荷花祝寿，随后任其随水漂流远去。一些文人雅士也为这一天写下诸多诗词名篇，如：清代邵长蘅所作《冶游》云：“六月荷花荡，轻桡泛兰塘；花娇映红玉，语笑熏风香。”舒铁云《六月

映日荷花别样红　2011 年 9 月 3 日王道琼摄

二十四日荷花荡泛舟作》云："吴门桥外荡轻舻，流管清丝泛玉凫；应是花神避生日，万人如海一花无。"沈朝初《忆江南》云："苏州好，廿四赏荷花。黄石彩桥停画鹢，水晶冰窨劈西瓜。痛饮对流霞。"张远南《歌子》云："六月今将尽，荷花分外清。说将故事与郎听。道是荷花生日，要行行。粉腻乌云浸，珠匀细葛轻。手遮西日听弹筝。买得残花归去，笑盈盈。"

荷花生日虽说不像有的节俗有据可考，但在民间文化或诗文记载中仍然留下了诸多印迹。此俗曾在滁州消亡。近年来，因为推动地方旅游发展的需要，一些文旅单位、文化企业开始重新审视挖掘此节日的内涵并策划相关活动。

七 夕

“七月坐凉宵，金波满丽谯。容华芳意改，枕席怨情饶。锦字沾愁泪，罗裙缓细腰。不如银汉女，岁岁鹊成桥。”这首《七月闺情》是唐代诗人袁晖所作，生动表现了闺中女子夜晚愁怨交加，泪湿枕巾，独自悲叹的情景。这里“不如银汉女，岁岁鹊成桥”说的便是流传至今的“七夕”了。

“七夕”，也就是农历七月初七，又称七巧节、七姐节、女儿节、乞巧节等。因为牛郎织女的美丽爱情传说，“七夕”便成了象征爱情的节日。

在我国最著名的四大爱情传说（牛郎织女、孟姜女哭长城、梁山伯与祝英台、白蛇传）中，牛郎织女的故事产生得最早。相传远古时候，一天，织女在天池洗澡，忽被牛郎看见。牛郎从没有见过这么美丽动人的姑娘，便偷走了织女的衣裳。织女裸着身子无法回天宫，见了牛郎后也是满心喜欢，便与牛郎成了亲。夫妻非常恩爱，生育了一儿一女。这件事被王母娘娘得知，派天兵天将下凡逼迫织女回宫去。牛郎无奈，用箩筐担着一双儿女在后面追赶织女。王母娘娘盛怒之下拔下一根玉簪划了一下，一道天河便把织女、牛郎各分一边。那道天河就是我们现在看到的银河。牛郎、织女隔河相望，朝思暮想，凄凄切切。这情景感动了喜鹊，就在七月初七晚上飞聚天河搭起一座鹊桥，让牛郎、织女来相会。

我们的节日“七夕”　2018年8月15日吕华摄

关于牛郎织女鹊桥相会的神话，汉末应劭《风俗通》中已有记载：“织女七夕渡河，使鹊为桥。”此后，历代诗人都有咏牛郎织女相会之事的诗篇，遂取其为曲名。宋朝词人秦观的《鹊桥仙》曰：“纤云弄巧，飞星传恨，银汉迢迢暗度。金风玉露一相逢，便胜却人间无数。柔情似水，佳期如梦，忍顾鹊桥归路。两情若是久长时，又岂在朝朝暮暮。”尤其是末二句，使词的思想境界升华到一个崭新的高度，成为千古佳句。

那么，“乞巧”又是怎么回事呢？因为织女是一位聪明伶俐、才高艺绝的仙女，所以每逢七月初七这一天夜晚，民间女子常三五成群面对银河，一边祷念：“七巧星，智慧星，谁看见，变聪明。”一边穿针引线，向织女求艺。还有的人家结婚时喜欢用红纸剪一对喜鹊贴于窗户上，有的结婚请柬上也印有一对喜鹊图案，既寓意天赐良缘，又增添了喜庆气氛。

“七夕”自古以来就是我国最具浪漫色彩的传统节日。在改革开放后，西方的2月14日情人节传进我国，和圣诞节一样成为商家炒作的洋节，受到国人的欢迎和追捧，而富有歌颂爱情专一文化内涵和审美观念的“七夕”节逐渐被弱化、淡化了。近年来，为了弘扬传统文化、坚定文化自信，“我们的节日”更多地结合传统，被赋予新时代文化意义走进百姓生活。滁州官方或民间也多以举办“相亲”、集体婚礼、文艺演出等多种形式庆祝“中国情人节”——“七夕”。

中元节

滁州民间称“中元节”为“七月半”。相传每到这一天，阎罗王就会打开地狱之门——“鬼门关”，所有的孤魂野鬼便从阴界出来，到人间各处寻找东西吃，直至七月结束才回归地府。因此，人们称七月为鬼月，是不吉利的月份，既不嫁娶，也不搬家。民间盛行在这段时间里对死去的亲人进行祭奠，烧冥钱元宝、纸衣蜡烛，放河灯，做法事，以祈求祖先保佑，消灾增福，或超度亡魂，化解怨气。

“鬼节”实际上源自佛教的“盂兰盆会”，早在南北朝之前就已经出现了。南朝大同四年（538 年），梁武帝以帝王身份设斋，使这一佛教节俗得以迅速蔓延。这天，各寺院要举行盛大法会，僧侣们也要沿街搭台念经，以使孤魂安息，饿鬼饱食。而道教亦有“三官三元”之说，将正月十五、七月十五、十月十五定为上、中、下三元，分别为天官、地官、水官的诞辰。中元节这天，道教信众要集中在一起共同学习老子的《道德经》，互相交流、沉思反省自身。而对于一般教众则创造了一些故事“寓教于游乐之中”。比如，道教杜撰出一个叫作陈子祷的人与龙王女儿结婚，分别在“三元”那天生下了“三官”，这“三官”主管人间的赐福、赦罪、解厄三个任务。他们法力无边，分别要在这三天到人间巡游，检查人们的道德品质好坏，对于那些道德品质好的人就给予赐福，道德品质差的就要降罪。但道教又是一个很宽容的宗教，随时给予人们改变更新自我的机会，一年中有罪过的人可以在中元节这天通过各种仪礼去检讨自己和请求天地人的宽恕，也称“忏悔节”“赎罪节”。

这个节日也是和儒家思想相通的。儒家强调孝道，当父母在世时，做儿女的自应当亲奉甘旨；当父母死后，也要“祭如在”，跟父母在世时一样。这样，佛教“盂兰盆会”与道教“中元”相融合，并与儒家的孝道思想相结合，形成了具有教化作用的“鬼节”——“中元节”。

由此可见，虽然“中元节”宗教色彩较重，有庄严的感恩、善意的超度，但也有扬善惩恶、调节人际关系的内涵，一些祭祀也融入了娱乐活动的色彩。如今，滁州人在“中元节”这天仍延续祭祖之风，有的人家会选择这一天或提前几天去“上坟”，也有的人家会在这天晚上，在家门口或邻近的岔路口焚烧冥币敬献给逝去的亲人，祈祷先人保佑后代安康幸福。

中秋节

八月十五是中秋节，又称祭月节、仲秋节、八月半、秋节、拜月节、月娘节、月亮节。传说唐玄宗曾经在这天夜游月宫，也称为月夕。古时媳妇回娘家后必须在这天返回婆家，在外地经商任职的也要赶回家团聚，故又称为团圆节。中秋节于2006年列入首批国家级非物质文化遗产名录，2008年起列为国家法定节假日。

中秋节是农耕文明的产物，其核心是月文化、团圆文化，寄托着人们盼望阖家团圆、万事圆满的心愿，承载着传统的“以和为贵”的文化内涵。中秋一词，最早出现在《周礼》一书中。古时八月秋收时节要举行酬谢土地神的秋社。到魏晋时过中秋已经很普遍，唐朝时中秋成为国家法定节日。至明清时，此节与元旦同样重要。中秋节源自月神崇拜，由上古时代秋夕祭月演变而来。但最早敬月神只是在月圆之日，并不固定在某月进行，到唐初才固定为八月十五。中秋赏月的风俗在唐代极盛，许多诗人的名篇中都有咏月的诗句，并将中秋与嫦娥奔月、吴刚伐桂、玉兔捣药、杨贵妃变月神等神话故事结合起来，使之充满浪漫色彩，玩月之风方才大兴。据统计，全唐诗中有111首是歌咏中秋节的诗作，提到此节的诗更多。“戍鼓断人行，边秋一雁声。露从今夜白，月是故乡明。有弟皆分散，无家问死生。寄书长不达，况乃未休兵。”这首《月夜忆舍弟》是诗圣杜甫所写，因此他也被认为是中秋玩月赋诗第一人。后来，唐朝著名诗人刘禹锡也写《八月十五日夜玩月》：“天将今夜月，一遍洗寰瀛。暑退九霄净，秋澄万景清。星辰让光彩，风露发晶英。能变人间世，翛然是玉京。”将玩月之情洗炼而出，飘飘然毫无俗尘气息，读来令人神往。

最是中秋月儿圆。因着色彩斑斓的秋天与夜空中皎洁明亮的圆月，大自然呈现出无比炫丽的华彩乐章，而人世间也在同时演绎着无数悲欢离合。正如张九龄《望月怀远》诗所云：“海上生明月，天涯共此时。情人怨遥夜，竟夕起相思。灭烛怜光满，披衣觉露滋。不堪盈手赠，还寝梦佳期。”故中秋节以天上月之圆兆地上人之团圆，寄托着人们思念故乡、思念亲人的情愫，承载着祈盼丰收、渴望幸福的愿景。

古代中秋祭月时用月饼。月饼从何而来？相传周武王伐纣时，商纣王派太师闻仲带兵出征。太师深知兵贵神速，就命令部下做了一种叫糖烧饼的干粮带上，后来人们也仿照着做，称之为太师饼。汉武帝时，张骞出使西域，带回了芝麻、胡桃，在祭月小饼中添上了胡桃仁，人们就叫它胡饼了。据说有一年中秋，唐玄宗率众祭月赏月，边吃胡饼边说胡饼的名字不好听，杨贵妃听了，抬头望望天上的明月，随口说出月饼二字。此后，月饼之名就流传开了，也成为中秋节的必备美食。

现在中秋赏月时仍然吃月饼。这天晚上，当月亮升起时，滁州人家通常在庭院中摆上香案，把买来的水果和家里自制的糖饼放在香案上，全家人焚香叩头、拜月祭祖，随后围坐在一起吃着月饼、水果，欣赏着如水秋月，庆贺亲人团聚，分享丰收的喜悦。俗谚：“在家不敬月，出门遭雨雪。”每至中秋节的前一天，出阁的闺女要给娘家送月饼、新鲜水果，但不能送梨和柿，因梨同“离”、柿同“死”谐音，都是不吉利的。

1985 年中秋节，天长县城关镇供销社的月饼摊点

中秋节的晚上，一些农村人家还有“摸秋”的习俗，即到野外田地里收摘一点别人家成熟的农作物，即便主人看到了也不算偷窃。有道是“八月摸个秋，摘柚抱瓜不算偷”。更有民间俗信，这天送子娘娘要下凡，未生育的已婚妇女摸秋若不被发现，可以早生孩子。

重阳节

“独在异乡为异客，每逢佳节倍思亲。遥知兄弟登高处，遍插茱萸少一人。”唐代诗人王维的这首《九月九日忆山东兄弟》，说的就是重阳节这一天，不能同亲人登高的伤感和无奈。

相传农历九月九日是中华民族的始祖黄帝去世之日。《竹书纪年》中说：“黄帝既仙去，其臣有左彻者，削木为黄帝之像，帅诸侯朝奉之。”可见黄帝去世后，以左彻为代表的群臣对他十分怀念、尊崇，多有祭祀之举。从汉宣帝开始，就把九月九日作为民间祭祖之日。而祭祀黄帝分为公祭和民祭两种。公祭在清明节举行，而民祭则在重阳节举行。这也是重阳节祭祀先祖习俗的由来。

关于重阳节俗的文字记载，最早见于《吕氏春秋·季秋纪》，有载古人在九月丰收祭飨天帝、祭祖的活动。关于重阳节名称的记载，始见于三国时代。魏文帝曹丕《九日与钟繇书》中曾这样描述当时的重阳节：“岁往月来，忽复九月九日。九为阳数，而日月并应，俗嘉其名，以为宜于长久，故以享宴高会。”《西京杂记》中记西汉时的宫人贾佩兰称：“九月九日，佩茱萸，食蓬饵，饮菊花酒，云令人长寿。”这是有关重阳节求寿之俗的最早记录。另有一说，在战国时代，重阳节在一些地方已受到人们重视，但只是在宫廷中进行的活动。

魏晋时，重阳节日气氛渐浓，文人墨客广为吟咏，出现了赏菊、饮酒习俗的文字记载。晋代文人陶渊明在《九日闲居》诗序文中说："余闲居，爱重九之名。秋菊盈园，而持醪靡由，空服九华，寄怀于言"。南北朝梁宗懔《荆楚岁时记》亦云："九月九日，四民并籍野饮宴"。

唐朝时，重阳节被定为正式节日，列为"三令节"之一。此后，宫廷、民间都会举行各种各样的活动庆祝重阳节。如李颀《九月九日刘十八东堂集》云："风俗尚九日，此情安可忘？菊花辟恶酒，汤饼茱萸香。"重阳这天，家家都搬出事先制好的菊花酒，插戴茱萸，登上附近的山顶，一边喝酒饮宴，一边赏玩深秋景致，直到黄昏时分才醉醺醺回到家里。也有玩得意犹未尽，日落都不愿意返家的。如杜荀鹤《重阳日有作》："大家拍手高声唱，日未沉山且莫回。"由此可见，在唐朝，人们欢庆此节兴致之高。

宋代，重阳节更为热闹。《东京梦华录》曾记载了北宋时重阳节的盛况："中秋夜，贵家结饰台榭，民间争占酒楼玩月，笙歌远闻千里，嬉戏连坐至晓"。《武林旧事》也记载南宋宫廷"于八日作重九排当"，以待翌日隆重游乐一番。而《水浒传》第七十一回写到重阳节菊花会，生动地展示了重阳节的民俗风情："宋江便叫宋清安排大筵席会众兄弟同赏菊花，唤做"菊花之会"……忠义堂上遍插菊花，各依次坐，分头把盏。堂前两边筛锣击鼓，大吹大擂，语笑喧哗，觥筹交错，众头领开怀痛饮。马麟品箫，乐和唱曲，燕青弹筝，各取其乐。不觉日暮。"明代皇宫中

重阳节敬老情　2017年10月27日王道琼摄

宦官宫妃从九月初一就开始吃花糕庆祝，九日重阳，皇帝还要亲自到万岁山登高览胜，以畅秋志。清代重阳节风俗仍然盛行，有把菊花枝叶贴在门窗上的习俗，谓之“解除凶秽，以招吉祥”。

重阳节发展至近现代被赋予了新的含义。1989年，我国将每年的九月九日定为老人节，将传统孝道伦理与现代精神文明建设结合起来，使这一传统佳节成为尊老、敬老、爱老、助老的新式节日。2006年，重阳节被列入首批国家级非物质文化遗产名录。2012年，新修改的《老年人权益保障法》明确每年农历九月初九为老年节。如今，每到重阳节，机关、企事业单位和乡镇、村（社区）都会组织离退休老同志或居民举办一些文娱游乐活动，或去敬老院、养老院等场所开展慰问。学校也会引导教育孩子们为长辈洗脚、捶背，或做一些洗碗、打扫卫生等力所能及的事情。普通家庭也多在这天设宴敬老、饮宴祈寿。

十月朝

农历十月初一（来安县等地为十月初十），俗称十月朝，又称十月朔、祭祖节、寒衣节，是一年中最后一个鬼节。传说这天是阎王给鬼魂放假的日子。此时是立冬前后，气候渐渐寒冷，阎王好心给死人放假，也让活人给死人送寒衣。这天人们要带上食物、香烛、纸钱、纸衣，到已故先人坟上祭奠。在祭祀时，人们把纸衣焚化给祖先，叫作“送寒衣”。

我国自古以来就有新收时祭祀祖宗的习俗，以示孝敬祖先、不忘根本。人们也在十月初一用黍臛祭祀祖先。历来有诸多典籍诗文记载了十月朝习俗。如南北朝梁宗懔《荆楚岁时记》：“十月朔日，黍臛，俗谓之秦岁首……今北人此日设麻羹、豆饭，当为其始熟尝新耳。”宋吴自牧《梦粱录·十月》：“十月朔日，朝廷赐宰执以下锦，名曰授衣，其赐锦花色，依品从给赐。每官入朝起居，衣锦袄三日。士庶以十月节出郊扫松，祭祀坟茔。内廷车马，差宗室南班往攒宫行朝陵礼。有司进暖炉炭。太庙享新，以告冬朔。诸大刹寺院，设开炉斋供贵家。新装暖阁，低垂绣帘。老稚团圞，浅斟低唱，以应开炉之序。”

清顾禄《清嘉录·十月》：“月朔，俗称十月朝。间有墓祭如寒食者。人无贫富，皆祀其先，多烧冥衣之属，谓之烧衣节，或延僧道作功德，荐拔新亡，至亲亦往拜灵座，谓之新十月朝。”更有古唱书曰：十月里来满一年，十月忙着来上坟，十月里来十月朝，家家户户把纸烧，家家坟上飘白纸，户户送衣又送食。

如今，十月朝相关习俗在滁州仍然广泛存在。每到农历十月，一些沿街卖杂货的商铺就会摆出摊位，摊上放满了黄草纸、元宝、冥币，纸糊或印制的衣服鞋帽，甚至还有纸制的手机、电视机、笔记本电脑等新潮用品。看到这些摊铺，人们就知道鬼节要到了。

滁州民间送寒衣时，有的地方在亡者坟前祭焚，并用新土覆墓取意“保暖”。有的地方习惯在门前焚烧纸衣裤鞋帽、黄草纸、冥币等祭物。还有的在十字路口焚烧一些象征布帛类的五色纸，用意是救济那些无人祭祖的绝户孤魂，避免他们去抢夺送给亲人过冬的衣物。但凡送给亡人的衣物、冥钞诸物，都必须烧得干干净净，这些阳世的纸物，才能转化为阴曹地府的绸缎布匹、房舍衣衾及金银铜钱。只要有一点没有烧完，就前功尽弃，亡人不能使用。所以焚烧寒衣祭物时，人们特别认真细致，总要念叨上几句：“某某，给您上坟送钱来了。您在那边要保佑我们平平安安……”这些行动虽然看来好笑，却也反映了生者对亡人的哀思与崇敬，属于一种精神上的寄托。

冬 至

冬至，既是节气，也是传统节日，又称冬节、亚岁、长至节等。这天夜晚最长，白天最短，过后白昼渐长而夜晚渐短。在周朝的正月（农历十一月），冬至是岁首的一个重要节日。《周礼》规定，冬至这天，天子要在圜丘地方祭祀昊天帝。《淮南子》亦记载，冬至这天，天子要率三公九卿迎岁，百官朝贺，君不听政，店铺歇市，学生放假。民间也要早起互相拜贺，像过年拜年那样，也去祭祀祖先。可见，冬至节在汉代以前与元日差不多，故有“冬至大如年”的说法，也把冬至节说成贺冬、拜冬。至汉代，这天还保留着朝贺的礼仪。汉武帝采用夏历后，才把正月和冬至分开。随着新年习俗的稳定，冬至的地位虽有所下降，但仍以“亚岁”居年节之首。东汉崔寔《四民月令》中说：“冬至之日，荐黍糕，先荐玄冥于井，以及祖祢，其进酒尊老及谒贺君师耆老，一如正日。”宋孟元老《东京梦华录》卷八也说：“十一月冬至，京师最重此节。虽至贫者，一年之间，积累假借，至此日更易新衣，备办饮食，享祀先祖。官放关扑，庆贺往来，一如年节。”唐杜甫《小至》云：“天时人事日相催，冬至阳生春又来。刺绣五纹添弱线，吹葭六琯动浮灰。”直到清代，风俗依然如此。

此外，古时冬至还有献鞋袜的习俗。臣子向君王献鞋袜，儿妇向尊长献鞋袜。魏曹植向其父也是君王的曹操献上绣鞋七双、袜子若干，作为冬至贺节礼物，并上《冬至献履袜颂表》称贺：“伏见旧仪，国家冬至，献履贡袜，所以迎福践长。”可见此俗在当时的俗世生活中影响甚远。

每到冬至，滁州人家燃香烛，放鞭炮，祭天地，谓之“接冬”。娘家为新嫁女儿送火盆、手脚炉，谓之“送冬”。在饮食方面，素有冬至吃饺子习俗。据说有两个来源，一是来自于古时女娲造人的传说。说人的耳朵冻掉了，女娲就会捏一个饺子似的耳朵给人补上。这样冬至包饺子、吃饺子，就不会因天冷冻耳朵了。另有传说东汉医圣张仲景辞官还乡后，发现很多穷苦百姓的耳朵被冻坏了。他命徒弟把一些羊肉、辣椒和驱寒的药材放一起煮熟后剁碎，再用面做成驱寒娇耳汤，让大家喝汤吃面，冻伤渐

敬老爱心饺子包起来　2017 年 10 月 26 日吴宗宝摄

渐痊愈。娇耳慢慢地谐音成了饺子，而“冬至不端饺子碗，冻掉耳朵没人管”的谚语也随之流传。

从冬至之日起即进入了数九寒天。入九以后，有些文人、士大夫者喜欢消寒活动。如择一九日，相约九人饮酒（九与酒谐音），席上用九碟九碗，成桌者用“花九件”席，以取九九消寒之意。另有绘制《九九消寒图》：自冬至日起画梅花一枝在窗上，佳人早起梳妆时，每日以胭脂随手画一圆，待九九八十一圆画满，已是杏花盛开，窗外满园春色。如今，滁州一些古典诗词爱好者仍保留着入九后即行九九消寒诗词唱和的习俗。

腊　八

“腊月年光如激浪。冻云欲折寒根向。谢女雪诗真绝唱。无比况，长堤柳絮飞来往。便好开尊夸酒量，酒阑莫遣笙歌放。此去青春都一饷。休怅望。瑶林即日堪寻访。”这首《渔家傲·腊月年光如激浪》是欧阳修所写。诗人把腊月的年光比作激浪，感叹岁月匆忙的同时，劝诫人们珍惜大好时光，莫让青春蹉跎。正所谓“进了腊月门，转眼便是年”。一进腊月，“年”便以倒计时的脚步临近，年味儿也越来越浓。

“腊”是古代在农历十二月合祭众神的“祭名”。南北朝时期固定在十二月初八日，汉族民间都要猎杀禽兽举行大祭活动，拜神敬祖，以祈福求寿，避灾迎祥。这种祭奠仪式称为“猎祭”。因“腊”与“猎”通假，“猎祭”遂写成了“腊祭”。到公元前221年，秦始皇统一中国，下令制定历法，将冬末初春新旧交替的十二月称为“腊月”。

腊八节，也是春节的第一个序曲。这个节日从何而来呢？先秦时期，我国一些地方已有腊祭习俗，节期在腊月，具体日期并不固定，腊祭这一天称为腊日。《礼记·月令》中说，此时天子要祈祭天宗，“腊先祖五祀”，让农民休养生息。可见周代就

有了腊祭，而且是用猎物来祭祀祖先和门神、户神、宅神、灶神、井神等五神灵，祈求丰收和吉祥。此习俗被后人视作“腊八节”的来源之一。据西汉戴圣所编的《礼记·郊特牲》辑录，腊祭是“岁十二月，合聚万物而索飨之也。”汉应劭《风俗通义》中说：“夏曰嘉平，殷曰清祀，周曰大蜡，汉改为腊。”还有一种说法，即“腊者，接也；新故交接，故大祭以报功也。”到了汉代，明确冬至过后的第三个戊日为“腊日”，腊祭的对象是列祖列宗以及五位神灵，不过在这天并不喝腊八粥。

南北朝时将腊日固定在腊月初八。到了唐宋，此节又被赋予神佛色彩，并开始有喝腊八宝粥的习俗。佛教传入中国后，在洛阳建立了第一个寺院白马寺，佛事活动便在城乡流行起来。僧侣们根据教义说，佛祖释迦牟尼成道前吃了一位牧羊女熬的米粥，到菩提树下静修，于腊月初八得道成佛。佛家弟子就在这一天用香谷和果实熬粥进行纪念，除了自己吃，还施粥给善男信女们。宋朝孟元老的《东京梦华录》中就有记载，说这天僧尼三五成群上街念佛，往佛像上洒香水，各大寺院要做“浴佛会”、送七宝五味粥与门徒，谓之“八宝粥”。各家各户也便学着熬粥，先敬神祭祖，再赠送亲朋好友，然后全家一起食用。民间更有传说喝了这种粥以后，就可以得到佛祖的保佑，因此，腊八粥也叫福寿粥、福德粥、佛粥。此后，每逢腊月初八，不论是朝廷、官府、寺院还是黎民百姓，家家都要做腊八粥。宋代诗人陆游写诗《十二月八日步至西村》：“腊月风和意已春，时因散策过吾邻。草烟漠漠柴门里，牛迹重重野水滨。多病所须惟药物，差科未动是闲人。今朝佛粥交相馈，反觉江村节物新。”从中，我们可以窥见当时腊八食粥等风俗。

到了清朝，喝腊八粥的风俗更是盛行。在宫廷，皇帝、皇后、皇子等都要向文武大臣、侍从宫女赐腊八粥，并向各个寺院发放米、果等供僧侣食用。腊八粥的用料也更为丰富，谷类有大米、小米、糯米、高粱米、紫米、薏米等，豆类有黄豆、红豆、绿豆、芸豆、豇豆等，干果有红枣、花生、莲子、枸杞子、栗子、核桃仁、杏仁、桂圆、葡萄干、白果等。

在滁州，还流行着朱元璋与腊八节、腊八粥的传说。话说当年朱元璋被郭子兴关入监牢，正值寒冬腊月，又冷又饿的朱元璋竟然从老鼠洞找到一些大米、红豆、红枣等七八种五谷杂粮。朱元璋便把这些东西熬成粥饱餐了一顿，那天正好是腊月初八。后来朱元璋当了皇帝，为了纪念监牢中的日子，便把那一天定为腊八节，把那天吃的杂粮粥赐名为腊八粥。

每逢腊八，滁州市的琅琊寺、全椒县的神山寺等诸多佛教寺院，仍然保留着免费赠送福寿粥的习

俗。一些善男信女为了能喝上一碗佛粥，往往半夜就出发前往寺院。

“吃碗腊八粥心里甜，安安稳稳过个年。”该俗至今不衰。近年来，随着物质生活水平的提高和生态环境的变化，人们的养生保健意识逐渐增强，充分认识到腊八粥不仅是时令美食，更是养脾健胃的养生佳品，加入薏米、红枣、红豆、桂园等原料的杂粮粥、营养粥已成为普通人家的日常饮食，不再仅仅局限于腊月初八当天了。商场超市、粮油店铺，甚至网店也有了开罐即食的成品或搭配好的八宝粥食材出售。

打猪壵

已身居城市多年的我，虽然时常吃猪肉，但再也品尝不到故乡那种让人回味无穷的黑猪肉味道。那些与乡村民俗有关的记忆偶尔会浮现于眼前，竟让我有种恍如隔世的感觉。

那时，我家所在的生产队里，基本上每家每户都会养上两三头猪、几十只鸡，或者鸭、鹅，还有猫呀狗的。放牛、打猪菜等占据着年少生活的大部分时光。即便后来上学，放学到家后的第一件事就是挎起竹篮去田野里打猪菜。待篮子盛满就赶紧回家，用刀斩碎了拌上米糠等喂给猪吃。

那时家养的黑猪，通常要喂到大半年以上才能出栏。除了卖钱补贴家用外，每家都要留上一头猪喂到腊月里宰杀过年。

在物质匮乏的年代里，时常听父母亲说起他们年轻的时候，什么能吃的野菜、树叶儿都吃过，难得买一次猪肉都是挑肥的要，瘦肉没人要，没有油水，还塞牙，能买到肥肉就像中奖了一样兴高采烈。因此，农村杀年猪算得上是热闹喜庆的大事。那时除了过年，人们只有在杀年猪的时候才能美美地尽情饱餐一顿猪肉。大人们也时常拿话哄着眼巴巴盼着吃猪肉的孩子们：“小孩小孩你别哭，进了腊月就杀猪”。

冬至过后，每家每户开始忙着杀猪、宰鸡鸭，腌年货。哪家杀多少猪肉，摆多少桌打猪盂（当地人读成“晃”音）等等是那些日子拉家常的主要话题。不光本生产队里尽人皆知，就连别的生产队也清楚得很。那时候，最忙的、也最骄傲的是杀猪匠，通常都要提前预约好时间，各队各家排着日子等杀猪。

还记得那年我家杀猪的情景。妈妈早早起来，烧上两大锅开水。约好过来的两个杀猪匠坐在门前的长板凳上，边抽着爸爸敬上的大铁桥香烟，边和来帮忙或打猪盂的亲戚说笑着。一听说水烧开了，他们立即站起身，忙活开来。几个身强力壮的男人们跳到猪圈里，受惊的猪撒开四蹄、吭哧吭哧的左右突围。人们冲上去，围着绝望嚎叫的猪，抓腿的抓腿，揪尾巴的揪尾巴，终于合力把猪摁倒在地。

猪被抬到案板上，几个人仍然拼命地摁住挣扎的猪。闻讯赶来的孩子和邻居们围在四周。我负责继续往锅灶里添柴禾，确保开水处于沸腾状态。这边添完柴禾，那边我就跑出去观看。在猪的哀嚎声，人们的喊笑声中，只见杀猪匠抄起锋利的杀猪刀，快速捅进猪的咽喉，猪血随即喷涌而出，落进早已摆放在下面的大盆里，飞溅到盆外的血在泥土地上一滩滩的分外刺眼。

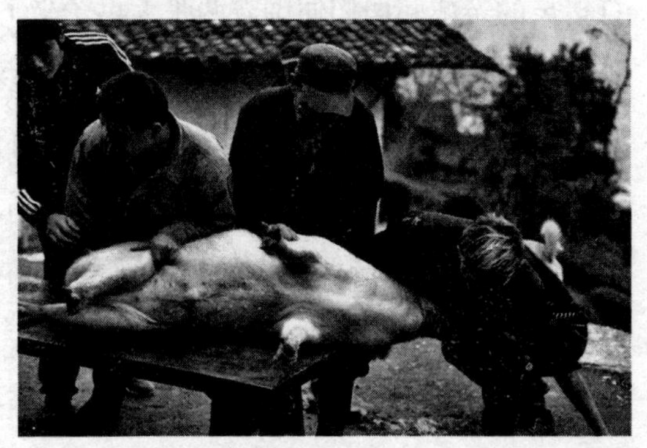

杀年猪　2012 年 2 月 12 日摩基山人摄

待猪血流完，杀猪匠便在猪腿上切个

小口，拿尺把长的铁钎插进去捅捅，抽出来后便抱住猪腿吹气。很快，干瘪的猪肚就被吹胀成圆滚滚的。人们把猪抬着扔到船形的腰桶里。爸爸拎着装满开水的木桶，按照杀猪匠的要求把开水浇在猪身上，升腾起来的雾气缭绕着，模糊了他们的身影。浇了开水的毛猪，经过杀猪匠的来回拽、刮，很快就被煺得白白净净。

杀猪匠把煺尽毛的猪，用清水冲上个两三遍后，便把猪吊起来，挥动厚重的砍刀斩去头和蹄，然后开膛破肚，摘除肝、肺、肠等内脏。只个把小时，剖成两大半的猪肉便被割成一条条的摆满两大箩筐。猪毛、猪鬃要给杀猪匠的，另外还要送两刀肉作为酬谢。猪膀胱，也就是人们常说的猪尿脬，则成了男孩子的玩具。那时农村孩子没有见过气球，杀猪的时候，男孩子们常把猪尿脬吹起来当气球玩。

猪杀过后，妈妈和姑姑们便开始忙碌着烧菜做饭。主菜当然是肉。那些槽头肉、肋条肉、心肺、杂碎、猪血搭配着青菜、冬瓜、大蒜、豆腐等家常菜被做成一道道美食。

随着一声高喊："红烧肉好了，上菜啦！"杀猪匠和被邀请来打猪盂的亲戚邻居们便围着两张大桌子坐下来。坐不上桌子的小孩子们就端碗站着，挨个等肉盛到碗里后便吃将起来。大锅的猪肉，散装的白酒，是尽着吃喝的，管饱管够。人们大口地吃肉，大声地说笑，喝酒的少不了要划拳、捣杠子，争个你输我赢，落个畅快。

杀猪匠和打猪盂的人们走后，爸爸和妈妈商量着猪肉得送给哪些人家，一家一家的挑好了放到一边去。第二天，妈妈便把猪肉和猪头之类的用盐腌起来。待出卤后晒好便挂在屋梁下面。白花花的猪油也炼好用罐子装起来，油渣则用来烧青菜或包饺子或包包子。这样，过年和来年大半年全家人要吃的猪肉和猪油就有了着落。

那些被请来打猪盄的人们，在他们自家杀年猪的时候又要回请打猪盄。如果没能去吃一顿的话，人家会记在心里，觉得欠了人情，还会再次邀请。

那时的农村，进入腊月后，人们不用再操劳田地里的农事，就这样在寒冷的冬天里，或在阳光下晒着太阳拉家常，或东家到西家连着打猪盄，或跟随着日子的节拍忙碌着迎接新年的到来。轻松喜悦、欢乐祥和的氛围在贫困但淳朴的村庄里荡漾着，温暖着那些简单质朴但幸福踏实的时光。

时光流逝。随着城镇化的发展，农村很多地方已成空心村，多是老人和孩子留守家园，养猪的人家逐年减少。有的地方出于环境保护的目的，甚至禁止农民养猪。曾经每家每户都有的猪圈，大多已废弃。即使如此，也还会有人家喂猪，也杀年猪，但已没有当年的热闹，那些传统的插铁钎吹气等绝活已经消失。但杀年猪、打猪盄的习俗仍存在着，每到腊月，一些走出乡村的城里人还会被留守在农村的亲戚邀请回去打猪盄。

已经有近三十年没有见过农村杀年猪、打猪盄的场景了，此刻，我沉浸在往事的回忆里，老家空荡荡的院落，残破的猪槽……希冀着能再次重温那有着故乡记忆的味道。

祭 灶

“吃过腊八饭，就把年来办”。腊月初八以后，人们就开始忙碌着迎接春节的到来。而在滁州，传统的春节则从小年，也就是祭灶这天拉开序幕。古代祭灶有“官三民四疍家五”之说，意思是官府二十三祭灶，一般人家二十四祭灶，渔民则是二十五祭灶。滁州地处江淮之间，历朝历代大批移民迁入，南北民俗风情并存，故有的在二十三，也有的在二十四祭灶。

祭灶，相传在周代已成习俗，最早叫“纪灶”，即纪念教人吃熟食的“先灶者”。由于火的发现，人们才由茹毛饮血开始过渡到吃熟食、喝开水。所以上自君王，下至平民，对灶神的祭祀都很虔诚。灶神又称灶王爷、灶君。民间传说灶王爷原是一个很善良的人，因贫困而

死。玉皇大帝哀怜他，派他到人间作督善之神，负责管理各家的灶火，并在每年的腊月二十三日上天报告每个家庭的善恶，视情给予赏罚。清代《敬灶全书》称："灶神受一家香火，保一家康泰；察一家善恶，奏一家功过……每奉庚申日，灶神要上奏玉帝，对于功多者，三年之后天必降之福寿；而对于过多者，三年之后天必降之灾殃。"人们为能得到玉帝的奖赏，避免受到惩罚，纷纷在这一天晚上祭拜灶王，为灶王爷送行。宋代确定祭灶时间为腊月二十四。诗人范成大曾写《祭灶词》："古传腊月二十四，灶君朝天欲言事。云车风马小留连，家有杯盘丰典祀。猪头烂熟双鱼鲜，豆沙甘松粉饵团。男儿酌献女儿避，酹酒烧钱灶君喜。婢子斗争君莫闻，猫犬角秽君莫嗔。送君醉饱登天门，杓长杓短勿复云。乞取利市归来分。"

从上面的文献诗词中，我们可以想象旧时祭灶的隆重与热闹。我没有亲眼见过祭灶仪式，倒是听母亲说过外公家以前是怎么祭灶的。这一天，会写字的外公格外忙碌，在写完自家的灶王爷奏折之后，还要帮助不识字的亲友邻居家代写祭灶奏折。到了晚上，舅舅们在大门外负责燃放鞭炮，外公将事先准备好的祭灶糖、水果、纸车、纸马等供品放在竹篾筛里。待外面鞭炮一响，外公便将筛子放到厨房灶台前，在红蜡烛上点燃一炷檀香，对着灶台墙壁正中的旧灶王爷神像，叩三个头，然后轻轻地撕下神像，放到竹筛里，接着把"请"来的新灶王爷神像用糨糊贴在原来位置，再把写好的奏折放在神像前，低头念叨些灶王多多美言之类的话。祭灶结束后，全家人就把祭灶糖等分发着吃完。

母亲还告诉我，放鞭炮是送灶王爷上天；纸车、纸马是给灶王爷坐着上天的；祭灶糖是用来糊灶王爷的嘴，免得他胡乱汇报；纸镪是给灶王爷作盘缠，托灶王爷向玉皇大帝多说些好话多汇报些好事。早年，我也曾在农村人家的灶台上看到过灶神像和对联。还记得上联是“上天奏好事”，下联为“下界保平安”，横批是“一家之主”。如今，这种传统的祭灶风俗已经消失多年，年轻一代基本上都不知道祭灶是怎么一回事。反观当下，我似乎更能理解晚清诗人罗昭的心情：“一盏清茶一缕烟，灶神老爷上青天。玉皇若问人间事，为道文章不值钱。”

扫 尘

祭灶过后，农村的年味就越来越浓烈了，家家户户开始扫尘、杀猪、宰鸡、购年货、买新衣……

扫尘，也叫除尘、掸尘。据《吕氏春秋》记载，中国在尧舜时代就有了春节前扫尘的风俗。按民间的说法，因“尘”与“陈”谐音，新春扫尘有“除陈布新”的涵义，其用意就是要把一切“穷气”“晦气”统统扫出门去。《清嘉录》卷十二记载：“腊将残，择宪书宜扫舍宇日，去庭户尘秽。或有在二十三日、二十四日及二十七日者，俗呼‘打尘’。”可见，这一习俗寄托着人们破旧

立新的愿望和辞旧迎新的祈求，也体现了冬季讲究卫生、预防疾病的传统美德。

以前在老家，每到扫尘这一天，全家人都早早地起床，按照分工把院里院外，房里房外，厨房锅台，来个彻底干净的大扫除。母亲首先把锅灶里的灰扒出来，倒进房屋前面的粪坑里，然后再把大锅小锅拎到外面，倒扣在地上，用铁锅铲一遍遍地从上向下刮去乌黑的锅烟灰。刮干净后，她便拎起铁锅放回灶台，地面上留下一大一小的锅烟灰圈儿。随后，母亲便忙着洗刷碗碟用具、衣服被褥等物品。那时，洗衣服被子是很累人的差事。先在家里用洗衣粉或肥皂泡个二十分钟左右，再用搓衣板不停地搓洗好，然后再挎到池塘或者河边，把衣服放在大石块上，用榔棒一遍遍地榔打出脏水，再在水中漂洗干净。父亲也没闲着，他把扫帚绑在长长的竹杆上，拿着它一遍遍地掸去房屋梁柱、墙壁高处的灰尘和蜘蛛网。我则拿着短扫帚清扫堂屋、床底下的灰土杂物，连带着把箱柜擦拭干净。那些不能再使用的破旧东西都被收拾到一边，集中扔了或烧掉。

“茅舍春回事事欢，屋尘收拾号除残。太平甲子非容易，新历颁来仔细看。”这是清代文人蔡云笔下的扫尘风俗。此俗一直延续至今，并没有随着时代的变迁而消失，所不同的是，如今的滁州，农村已无茅舍可扫，人们不是住在楼房里，就是住在平房或瓦房里，一般人家都有了洗衣机和自来水，曾经的池塘大多已消失，或者已是满塘污水，再不能用来淘米洗菜洗衣服了。

滁州文化丛书

CHUZHOU WENHUA CONGSHU

信仰习俗

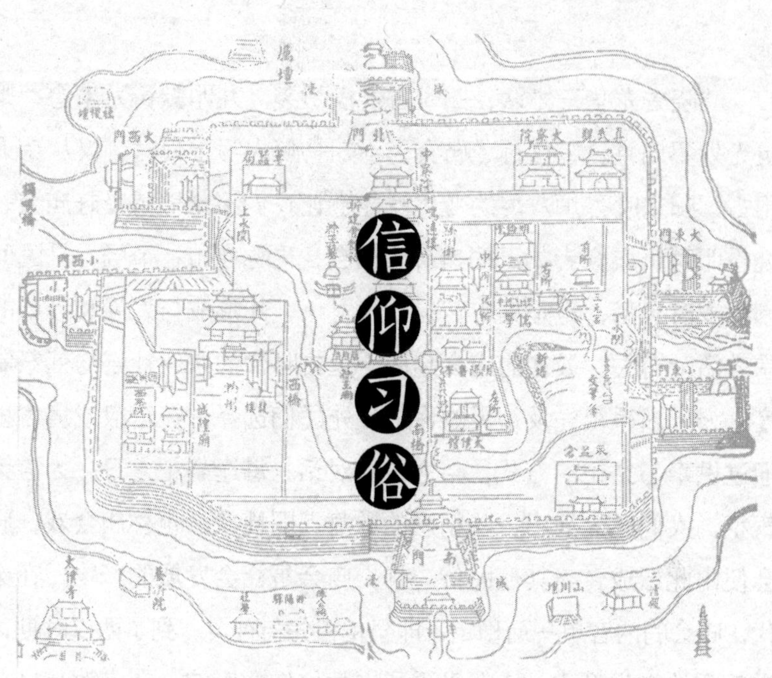

明代滁州城图

庙　会

“晓去龙华三半两，归时香烬满炉装。九叩默祷万事愿，则灵无处不庙堂。”这首《庙会》不知是何人写于何时，仅从诗人出去、归来时香炉灰烬的变化就能够让我们深刻地感受赶庙会、烧香叩拜祈愿众者如云的盛况。庙会，又称庙市、节场，是民间宗教岁时风俗，也是集市贸易形式之一，其形成与发展和寺庙的宗教活动有关。最初的庙会起源于远古时代的宗庙社祭与郊祭制度。为了求得祖先及神灵的保佑，先民们选择了在宫殿或房舍里通过供奉与祭祀的方式，与之进行对话。每逢祭祀之日，为渲染气氛，人们还会演出一些精彩的歌舞，即社戏，也称庙会戏，庙会便由此形成。与其他民俗一样，庙会是社会发展的产物。在秦代，庙会的内容单一而稳定，即祭祀祖先与神灵。到了西汉时期，道教开始初步形成。庙会受到了宗教信仰的影响，在宗教节日或规定的日期举行，内容融入祭神、娱乐和购物等多元化的色彩，各种习俗也开始初步形成。至南北朝时，佛教寺院、道教宫观日渐增多，于是依附于佛寺、道观的庙会也就逐渐兴盛了起来。久而久之，庙会演变成了节日期间、特别是春节期间的民俗活动。在滁州，从历史上延续下来的庙会主要有正月初九琅琊山庙会、正月十六全椒走太平、二月初四腰铺二郎庙会、三月初三天长护国寺庙会、三月十五定远令狐山庙会等。

琅琊山庙会

作为出生于滁州农村的孩子，虽然远离城市，但我很小就从大人们的口中知道了琅琊山庙会，心心念念盼望着有一天也能去赶庙会。

琅琊山庙会是皖东地区历史悠久、规模最大、影响最广的民间传统习俗活动，在每年的正月初九举办。有关史志载曰："……每逢此日，众多的香客信徒来寺院烧香拜佛，无论阴晴雨雪，人们不计路遥，奔赴寺院进香结缘，祈祷平安。"随着时代的进步，社会的发展，传统的琅琊山庙会逐渐衍生和充实了富有鲜明时代气息的内容，成为人们游山赏景、商贾贸易、信息交流等共歌齐舞的平台，成为滁州一张叫得响的文化名片。

那么，琅琊山庙会由何而来呢？两个版本的传说，都与道教有关。

一种说法是，正月初九是玉皇大帝的诞辰日。在东晋时，琅琊山即有道士隐居，相继建有玉皇殿、玄帝行宫、三皇古殿、元君殿和二天门、三天门等。在明代期间，又设立有道家管理机构"道正司"。每年的这一天，远近道士即相聚山中举办盛大道教祭坛活动，吸引了众多信男善女前往烧香祭祀，祈求风调雨顺、仓

琅琊山北大门　2020 年 3 月 22 日王道琮摄

廪丰实、生活幸福、子嗣绵延。琅琊山活跃的道教活动通过口口相传，逐渐形成正月初九赶庙会的雏形。

另一种说法是，为了感恩和纪念道教女神碧霞元君。相传很久以前，东岳大帝女儿碧霞仙姑在天宫倍感冷清寂寞，而独自来到人间游乐，偶然飘至琅琊山中，见到处都是杂草丛生的荒山野岭，便萌生了改山造景的念头。她往返天上人间，取来天庭甘露遍洒山野，使琅琊山生花长树，风景渐渐秀美起来。碧霞仙姑的姐妹们纷纷要求下凡观赏同乐，选定的日子是仙姑的生日，而这一天就是正月初九。后来，滁人在山上建造了碧霞宫，每年这天纷纷结伴前往烧香祭祀，久而久之，约定成俗。

琅琊山庙会真正形成为规模盛大、热闹非凡的民俗活动，民间普遍认同的说法是在明代洪武年间。开国皇帝朱元璋定都南京后，年年派遣太子、大臣返回老家凤阳祭拜皇陵，滁州是必经驿站，每次都要在此逗留歇息。当时，朝廷在滁设立有中央直属的马政管理机关“南太仆寺”，一批在此旅宦的朝廷命官每次都会陪同朱元璋登山祭祀，为天下百姓祈福。情景可谓是“车马喧嚣、肩摩毂击”。为彰显盛世、国泰民安，庙会由民间自发活动转为官方组织兴办，自此年年沿袭，一时香火鼎盛，远近闻名。

琅琊山庙会在千百年间历经了兵燹战乱、人祸天灾、升平盛世等不同的社会阶段，时兴时衰，时断时续，因其寄托和承载着滁地百姓美好善良的愿望而得以延续至今。

新中国成立后，庙会渐渐恢复了人气。“文革”期间，宗教活动灭迹，庙会中断。

1980 年，经安徽省人民政府批准，滁县地区琅琊山管理处正

醉翁亭　2020 年 3 月 22 日王道琼摄

式成立，着手对景区进行规划并修复古建筑。加之农村改革硕果累累，农民丰产丰收，传统的庙会由此恢复了生机，1981 年参加庙会的人数达 8 万多人。除传统的烧香拜佛以外，各地还组织灯会、舞龙、舞狮、玩旱船、踩高跷、花鼓灯等民间文艺团队齐聚琅琊山表演，各种小吃、小摊贩也在沿途设点。

1982 年，上海铁路局蚌埠分局为方便沿途群众赶琅琊山庙会，专门开行蚌埠——浦口的对行专列。当年参加庙会人数达 10 万之众，为历史之最。也就是在这一年，我童年时代关于赶庙会的梦想终于实现了。正月初八，我到亲戚家拜年。初九吃过早饭后，表姑就骑着永久牌自行车带着我进城去赶庙会。每逢上坡，我就下来跟在推着自行车的表姑后面步行。近三十里的路程，连骑带走花了一个多小时方才到达琅琊古道。青石板铺就的古道上人头攒动，商摊林立。在师专门口，碰巧遇到了我的父亲和一个邻居也来赶庙会。父亲看这情形，怕我被挤丢了，就让我跟着他们。邻居在前面开路，我在中间，父亲在后面用两个胳膊护着我，筑起了一道安全屏障。我只能看到两边的人墙。记忆最深的是在琅琊寺里，有的人被挤倒在大雄宝殿的门坎那里，被踩着了的拚命地叫唤……父亲还买了寺院里的斋饭给我吃。第一次赶琅琊山庙会，留下了到处都是人头攒动的深刻印象。随后几年，琅琊山庙会活动进入前所未有的黄金期。除本地群众外，南京、扬州、上海、合肥、蚌埠等地客人慕名纷至沓来，上山烧香拜佛、观光游玩。“前者呼，后者应，伛偻提携，往来而不绝”，一如宋代知滁州太守欧阳修所描绘的盛景重现。后来，交通事业发展，公路客流骤增，庙会专列于 1998 年停驶。

千年古刹琅琊寺　2013年4月13日王道琼摄

随着庙会的人气渐旺，名声日盛，原来纯粹的烧香拜佛、自娱自乐的庙会活动增添了商业氛围。20世纪80年代后的庙会活动期间，商业活动和服务开始介入和兴起。正月初八至初十，国营、集体、个体商户均会沿古道两侧及景点周围搭篷结架、摆摊设点，从事饮食、土特产、旅游纪念品等方面的商务活动。20世纪90年代以来，庙会除承延宗教、商务等主题活动外，有关部门又因时因势利导，增添了诸如送科技、送文化、送法律等方面的内容，广受欢迎。

琅琊山庙会作为群众自发组织形成的民间集会，歌舞、玩灯、杂耍等民间艺术活动自古沿袭，形式各异。从1992年至今，滁州市委、市政府从保护民间文化遗产、丰富群众文化生活的高度出发，将庙会活动列为滁州正月新春文化娱乐活动月的重要组成内容，年年成立庙会活动指挥部，张灯结彩，周密布置。庙会期间，来自各地的专业、业余文艺团体和队伍，在山中巡回表演花灯、花船、龙灯、杂技、魔术、高跷、秧歌等地方传统的文化娱乐节目。

作为皖东民俗的一个品牌，2006年，琅琊山庙会列入首批安徽省非物质文化遗产。不仅如此，琅琊山景区的“硬件”也在不断升级。进入21世纪，琅琊山得到全面有效地法律保护和多渠道投资建设。《琅琊山风景区总体规划》于2007年4月通过国务院审批，实施保护与开发并重，逐步修复损毁的古迹，整合景观资源，扩大体量，充实内涵，打造精品旅游风景区。2009年成立琅琊山风景区管理委员会，接着成立琅琊山风景区建设指挥部。琅琊山风景区规划面积扩大到240平方公里，与大滁城组团相依发展。改造琅琊古道，打开东大门，新修览山路，开发冠景园，拆迁龙池街，修复丰乐亭景区等，实施旅游综合开发，着力打造“醉

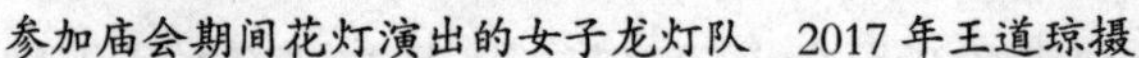
参加庙会期间花灯演出的女子龙灯队　2017年王道琼摄

美亭城，亭好滁州”新形象。

近几年来，琅琊山庙会当日上山人数保持在10万人左右。庙会安排更是精彩纷呈，除了宗教、民俗、美食、商贸等主题活动外，还融入了本地工业、农业等特色名优产品及小商品展销。为了打好琅琊山庙会这张名片，吸引更多的周边游客和商家，庙会期间，滁州市政府和琅琊山庙会指挥部还特别安排市旅游局召集南京、合肥、蚌埠等地的20余家旅行社负责人到庙会现场参观考察，适时发布滁州境内的民俗节庆活动时间安排，以便滁州及周边地区的市民能更多地了解滁州。

因着科技的迅猛发展，琅琊山和琅琊山庙会已通过各种现代传播媒介而广为人知，吸引着更多的国内外游客前来一睹风采。只是许多像我一样的滁州人往往更喜欢避开庙会的喧嚣，选择在平常的日子里去琅琊山游玩。

“环滁皆山也。其西南诸峰，林壑尤美，望之蔚然而深秀者，琅琊也。山行六七里，渐闻水声潺潺而泻出于两峰之间者，酿泉也。峰回路转，有亭翼然临于泉上者，醉翁亭也……”徜徉在琅琊山的山水亭台楼阁之间，吟诵欧阳修、韦应物等名人诗文，聆听溪水潺潺、古寺钟声，品读苏轼、吴道子等名家飘逸书法绘画，回望历史风云变幻，何尝不是一件人生快事！

全椒走太平

“烧一炷太平香，祈求工作顺利；走一走太平桥，期盼来年身体安康……”每年正月十六，太平桥上从清晨到深夜都是人山人海的壮观景象。

《全椒县志》记载：“太平桥位于县城东门外里许，相传隋大将军贺若弼造橹于此，故名贺鲁桥，明朝时改名太平桥”。此桥是旧时滁州至庐州（今合肥）古驿道的必经之桥，也是全椒著名古桥之一。

《全椒交通志》记载，民国二十年（1931 年）前后，太平桥曾一度失修，后拱桥倒塌，1955 年修缮为石台木面桥，1966 年修换为单孔石拱桥，全长 5 米，高 2 米，宽 4 米。随着走太平的人数不断增多，原来的小桥已经无法满足需求。1992 年 9 月重建太平桥。重建的太平桥为传统风格、现代结构的钢索斜拉人行桥，桥长 90 米，宽 3.56 米，桥体的两端各建一座高耸的桥亭，琉璃筒瓦，飞檐翘角，太平桥桥头河堤各建一座八角凉亭，供游人小憩。

此后，“走太平”影响力不断扩大，“走太平”的人数逐年成倍增长。2010 年，“走太平”的人数已达到 30 万人次，斜拉桥也无法满足需求，而且桥面太窄，不堪重负。当年 10 月，太平桥

龙腾太平　2014 年 2 月 15 日王道琼摄

拆除，再建的太平桥是三跨连续梁的廊桥，桥梁跨径为 101 米，桥面宽 16 米；桥面用花岗岩石板铺面，桥墩是拱门式钢筋混凝土结构，桥头建有四角重檐亭 4 座，寓意一年四季；一边长亭有二十四根立柱，寓意二十四节气；廊亭上方镶嵌着“江淮背腹”“吴楚冲衢”，寓意全椒县独特的地理位置且属交通要道；中跨的桥面两侧建有避雨遮阳的仿古长廊。再建的太平桥既有古典意韵，又充满着现代气息，成为全椒县一大人文景观。

说完了太平桥的变迁，我们再来看看“走太平”这一民俗的由来及其演变过程。

“正月十六走太平”为古代淮河以南地区共有的民俗，而今多已消亡，唯有全椒县传承至今。《汉书》载有“澄日太平”之谚，此为全椒走太平之始。南北朝梁宗懔《荆楚岁时记》中专门

走太平夜景　2014 年 2 月 15 日王道琮摄

描述“走太平桥”这一习俗，谓之“走百病”，因“桥”谐音“瞧”，走桥即“瞧病”，是为了消灾去病。

正月十六走太平经过不断演变，传承千年不绝，主要与东汉全椒县长刘平、隋朝大将贺若弼、元末都御史陈瑛三个历史人物有关。

传说东汉初年，彭城人刘平出任全椒县长时恰逢年荒，刘平将朝廷拨的建城款拿出来救济灾民，将原可建四十里的大县城缩小为仅四里的小县城——就是把“城包街”变成了“街包城”。刘平因此获罪罢官，被押解京城。全椒百姓得此消息后扶老携幼相送至城东小桥，焚香燃烛，祈福求安，此日恰为正月十六。刘平被押到京城后，幸得大臣钟离意倾力相助，不仅免于治罪，还荣任侍中、宗正之职，位列九卿，名垂青史。以后每逢此日，全椒百姓自发来此桥上烧香燃烛，渐渐衍化为一大民俗“走太平”，此桥也被命名为“太平桥”。

“走太平”民俗演变的中后期，是为了纪念隋朝大将军贺若弼和元末帮助全椒化险为夷的都御史陈瑛，融入了护国安邦、造福于民、扶危济难的乡亲乡谊的含义。

一千五百多年来，“走太平”的线路逐渐定格。当初人们为了纪念好官刘平的恩德，走的是他被押解出城的线路，即从城里到桥头，然后鸣炮烧香跪拜祈祷，由南向北走过太平桥。后随着人数逐渐增加，尤其是“走太平”内容的充实，范围的扩大，到了后期行走线路基本定格为“三桥两街”。即从积玉桥（汉代建）进入袁家湾，过洪栏桥（宋代建），走到太平大街，最后到达太平桥。这条线路有着深刻的寓意。走三桥，取积玉之“玉”、洪栏之“栏”、太平之“平”，即谐音“遇难平”，遇到灾难和困难皆可平定；走两街，取袁家湾之“袁”，太平大街之“平”，即谐音“团团圆圆”和“平平安安”。整个线路长约五华里，三桥一桥更比一桥高，象征着步步高升，心平气和。

“走太平”是全椒特有的传统民俗，也是中国历史上最早、传承时间最长的健身走活动，被誉为楚地走太平民俗的“活化石”，中华民俗史上的奇观。近年来，全椒“走太平”的影响力已波及全国各地及东南亚多个国家。每年正月十六，周边省份及美、澳、意、日、韩、德等国外友人纷至沓来。2019 年参与活动的民众达到 60 万人，得到了全国乃至世界各地的关注。

2006 年，“正月十六走太平”被列入安徽省第一批省级非物质文化遗产。2019 年，全椒县因之再获“中国民间文化艺术之乡”称号。

腰铺二郎庙会

腰铺镇二郎庙会，也称备耕节，是南谯区独特的民俗活动，每年农历二月初四举行。二郎庙会形成于民国初期，过去主要是善男信女到当地二郎庙烧香拜神、祈祷消灾延寿的宗教活动。因腰铺境内原有二郎山祈福寺，也称二郎庙，老百姓在春社日多喜欢进庙烧香祈福，时间长了，原本向土地“社公”祭献的仪式被老百姓理解成了向二郎神祭献的仪式，久而久之，也就没人追究其真正来历了，反倒是聚众参加庙会、进行农产品贸易逐渐成了重

二郎庙会　2015 年 3 月 23 日贲明广摄

头戏。二郎庙因为远在深山，进出不便且已倒闭，空有遗址。由于历史原因，二郎庙会曾中断数十年。

1997 年，南谯区和腰铺镇党委、政府挖掘文化遗产，重新办起了二郎庙会活动。僧俗两界也募资择地重建二郎庙，1998 年复名祈福寺，周边百姓赶庙会的习俗逐渐恢复。每年的二郎庙会，已经成为腰铺镇乃至南谯区的一大盛事，滁州、全椒、和县、含山，以及浙、苏周边地区的商家、游客也如期而至。但与过去不同的是，现在的二郎庙会少了香火味道，而是以深受农村人民群众欢迎的文化、科技、卫生“三下乡”及商品交易活动为主，这也成为每届二郎庙会的最大特色和亮点。

腰铺镇二郎庙会于 2009 年列入滁州市非物质文化遗产，2017 年列入安徽省省级非物质文化遗产。

天长护国寺庙会

天长护国寺庙会在农历三月初三举办。此庙会相传缘于纪念自北宋以来备受天长人敬重的“二贤”。“二贤”，即孝子朱寿昌和名宦包拯。朱寿昌祖籍天长，他弃官寻母，在秦栏有孝子墓遗址。《宋史》载有朱寿昌弃官千里寻母之事。元代郭居敬根据朱寿昌等孝行故事，编著了《二十四孝》一书。书中许多故事都是民间传说，而朱寿昌千里弃官寻母是真人真事，并有传略记载。包拯是肥东人，入仕后首任天长知县，载入史籍中的有“智断牛

天长护国寺俯瞰　2017 年秦骏摄

舌”案例。为缅怀这两位前贤名宦，明代天长人曾在县城东门外建了一座“二贤祠”，并题诗为赞：“花城峨峨谁建祠，二贤风雅后人师。犹道神宰割牛事，笃孝还怜刺血诗。”嘉庆十二年三月初三，“二贤堂”立匾挂牌，宣告二贤堂正式成立。后被毁弃，只有嘉庆年间的几块残碑尚存。1995 年 4 月 2 日，也是农历三月初三，重建后的“二贤堂”落成于护国寺中。三月三庙会也得以延续传承。

护国寺的前身是城内一座老寺庙，始建于清同治四年。原址在天长县城西门外，后迁至城内西门街，易名“天后宫”，又名“护国庵”。后屡遭兵燹，残败不堪。1984 年 12 月，安徽省政府落实宗教政策，批准重建护国寺，并将其列为省级重点开放寺庙之一。天长县委统战部、县宗教局立即抽调专人负责具体筹建工作。为真正体现寺庙由僧人自己管理的原则，特邀请行止端正的完镜、浪平法师来寺分别担任住持、监院。原考虑在天后宫基础上进行重修护国寺，但因该面积狭窄，交通不便，再三斟酌下，最后将护国寺迁至离县城二里许的南郊望城冈进行建造。护国寺新址濒临川河，四周有桑竹环绕，环境清幽雅致。1987 年 4 月，重建工程破土动工。

护国寺内珍贵文物主要有一对石狮和“仙人足印”。石狮原存于清嘉庆年间吏部尚书王安国宅内，后移至寺中。石狮质地柔软，雕刻精美，历经两百多年，线条依然清晰，栩栩如生。怡然亭北面有一块石头名曰“仙人足印”，原置于横山天官寺中，后寺毁，石头被弃于横山脚下，1989 年移入护国寺。石上凹处酷似仙人足迹，约一尺长，民间传说是张果老路过此地留下的足印。

经过三十多年的努力，在各级政府及有关人士的鼎力帮助下，护国寺先后新建起山门、大雄宝殿、观音殿、报恩堂、二贤祠、玉佛楼、方丈楼等，另建醒园，内有怡然亭、爱莲亭、咏丰亭、义城堡、长春楼、清凉园等景点。全部建筑仿苏州、扬州寺院格局建造，是一座占地40多亩的具有园林风格的崭新寺院。

护国寺已成为天长市重点旅游景区。每年的三月三庙会成为弘扬佛教文化和地方传统民俗文化的有机载体，具有深厚的文化底蕴和广泛的社会影响力，在浙、闽、粤等南方地区拥有大量信徒。主要活动内容为佛教信徒祈福还愿、地方民俗文化表演、市民春游休闲等。

近年来，天长市为加强护国寺的保护与旅游开发，更好地服务于地方经济社会发展，不断加大寺庙旅游配套功能和周边基础设施建设，2015年全面完成寺庙前新河南路建设，根本上改善了进入景区的交通条件。为确保护国寺庙会（民俗文化旅游节）期间安全有序，天长市旅游、宗教、文化、市容及公安等部门提前制定周密应急预案，并派专人驻点值守。

定远令狐塔庙会

令狐塔位于定远县藕塘镇东南的令狐山上，地处皇甫山西麓，历史悠久。相传汉代，令狐山上就建有寺庙；唐代相继增建子伯祠、碧霞宫。庙宇恢弘，香火颇盛。千百年来，农历每月初一、十五，碧霞元君（俗称黑奶奶）神座前，络绎不绝的善男信

令狐塔　2020 年 11 月 14 日王道琼摄

令狐子伯塑像　2020 年 11 月 14 日王道琼摄

女烧香祈福。据说东汉楚相令狐子伯少年避难读书于此，受观主黑奶奶收养。令狐子伯酷爱学习，攻读不息，后被举孝廉送朝廷考核做官，晚年为楚国相公。令狐称相后为酬谢藕塘父老和僧人教养之恩，于庙后山巅兴建七级浮屠，名曰“文峰塔”，后人为怀念子伯而名“令狐塔”，塔内供奉黑奶奶塑像，落成恰逢农历十五，自此每年农历三月十五便成为庙会会期。

庙会鼎盛时期始于明代，香客众多。抗日战争时期，日军将庙宇焚毁。1966 年 8 月 27 日，造反派用炸药将古塔炸毁，此后庙会活动停止。1994 年 3 月，藕塘镇开始重建令狐塔。1997 年庙会活动得以恢复。1998 年 5 月重建令狐塔竣工。令狐塔为方形七级，高 29.5 五米，底层直径 6 米，屹立于群峰拱抱的令狐山巅。每年农历三月十五日，周边群众自发到令狐山烧香许愿，人数多达五万人，场景壮观，成为藕塘镇的一大亮点。2008 年 4 月，定远县人民政府在令狐山举办首届民俗文化节。

占卜算命

占卜算命至今已有数千年历史，一开始属于道教学术的分支，卦象结果通常参照《周易》。《周易》也称《易经》，是阐述天地世间关于万象变化的古老经典，也是博大精深的辩证法哲学书。远古时期，人们就开始探索宇宙的奥秘，由此演绎出了一套完整深奥的观星文化，并确定天干地支及阴阳五行、八卦原理，进而发展成为一个系统的世界观，用阴阳、乾坤、刚柔的对立统一来解释宇宙万物和人类社会的一切变化。在古代，尤其是春秋时代，一个国家凡是大一点的事情都由专人负责占卜决疑。占卜者会专门用一个安静的房间，并且有一套完整的仪式，比如沐浴、焚香和一些祷告之类，然后根据《易经》所记录的卦象，辅助以道具（甲骨、铜钱、蓍草等），推演预测天文地理人事吉凶祸福等等。算命则是通过人脸与手的纹路、出生八字、姓名笔划等配合五行和八卦来预测或判断命运吉凶福祸。滁州常见的占卜算命有以下几种：

占卜　又称打卦、摇卦、抽签。占卦者用竹子或木片刻

制卦爻，一正一反为阳爻、阴爻，刻上八卦等图案。占卜时，将其抽出（或摇或拈）摆开，看是什么卦，查对卦辞，再由卜卦先生破解、引申。

测字　求测人指（或写）一字，测字先生以汉字加减笔画，拆开偏旁，或打乱字体结构，加以附会，以推算吉凶，并指出破凶化吉的办法。

瞎子算命　将年月日时配以天干地支排成“八字”，推算“五行”（金木水火土）相克，或称犯某星宿，以此预测或判断命运富贵贫贱以及祸福凶吉、男女匹配（会“八字”）等等。

相面　又称看相，有面相、手相之分。以审视五官形态、七窍位置、痣点位置、掌指纹路、脸面胖瘦、肤色气色等，依此寻绎出面部、手纹特征所象征的气数，推算吉凶、祸福、贵贱、贫富、寿夭等，付破费钱，授以送凶化吉的做法，以求免灾得福。

占卜算命作为一种民间信仰实践，始终存在于人们的生活中。《艾青诗选自序》中有载：“据说我是难产的，一个算卦的又说我的命是‘克父母’的，我成了一个不受欢迎的人……这就使我讨厌算卦，反对迷信，成了‘无神论者’。”孙犁在《白洋淀纪事·石猴》文中写道：“这猴儿能算卦，能避邪，能治病，长疙瘩长疮，叫它一摸就好。”而钱穆、梁漱溟、熊十力、陈寅恪、吴宓等文化大师，也留传着诸多有关占卜算命的轶事。1937年7月27日，日军飞机轰炸北平。吴宓即以《易经》占卜，得“解”卦，其辞为：“利西南，无所往也，其来复吉，有攸往，夙吉。”卦文为：“天地解而雷雨作，雷雨作而百果草木皆甲坼，解之时大矣哉。”吴宓专门打电话请教陈寅恪，陈寅恪告之是吉卦后，他才舒了一口气，和衣而卧，静待天命。钱穆在《师友杂忆》中记述了他和梁漱溟、熊十力等请四川相士专程到北京相面之事。对于这些文化大师来说，占卜算命无非是调剂日常生活和减轻内心苦闷的手段，在某种程度上也是支撑继续创作或学术生涯的精神力量。

时至今日，占卜算命作为民间信仰，在日常生活中时常见到。特别是近年来，现实生活中的诸多压力，使占卜算命更有活跃之势，竟以一个行业和产业链的方式呈现在世人面前。

随着科学技术进步和认识水平的提高，世人一定会更加科学理性地对待这一现象。

求仙拜神

同前面的算命占卜一样，求仙拜神也是有着数千年历史的民间信仰，最初以在万物有灵、万物互渗观念基础上产生的天地日月等自然崇拜、图腾崇拜、神灵崇拜为对象。伴随着思维方式的进步，人们将一些与自身生活、生产密切相关的自然神灵、图腾物加以拟人化，改造为具有人类形象和性格的人格神。这些人格神和人们为了满足对世俗生活的追求而自发产生的世俗神、祖先神等，以及来自宗教的观音菩萨等神灵成为民间求仙拜神的主要内容，并且表现为较强的功利性，不是真正意义上的信仰。旧时滁州，民间求仙拜神主要有以下几种情形：

拜黄大仙　民间有人将狐狸奉若神明，农历每月初一、十五日烧香祈祷。家中有人身体不适，就求黄大仙保佑。道教衰微后，“五大仙”被汉族民间百姓供奉。“五大仙”又叫“五显财神”或“五大家”，分别是狐仙（狐狸）、黄仙（黄鼠狼）、白仙（刺猬）、柳仙（蛇）和灰仙（老鼠）。黄大仙，即黄鼠狼，旧时在天后宫中供有其塑像。黄大仙被人崇拜，主要有两个原

因：一是它同狐狸一样体态轻盈美丽而又性情狡黠，使人感到神秘；二是认为黄鼠狼会“附身”操纵人的身体，左右人的精神世界，使人精神错乱。其实这种精神错乱的疾病叫“癔病”，汉族民间俗称“撞客”。现在，农村里的老一辈人对黄鼠狼仍然心存敬畏，很少有人捕捉，或者伤害它们。

拜菩萨　各地都建有寺庙，家中每遇事不遂或大人小孩不适，就到庙中菩萨面前烧香，求神保佑。所求之事若能如愿以偿，日后便还要到庙中还愿。

拜土地爷　农村相距几里建有土地庙（俗称小庙子），农民逢年过节烧香、拜祭，祈求保佑。

求雨　久旱不雨时，抬出庙里的城隍菩萨或土地老爷，放在露天地任凭烈日曝晒，或沿村周游，求神赐雨。如此往往持续数日，直到下雨，才将城隍菩萨、土地老爷抬回庙中。

来安县杨郢乡双仙姑庙　2020年10月11日田金龙摄

求子　有求子心切的人，选良辰吉日前往滁州丰乐亭南面龙池处，拾小石子往龙池中心抛，若打中中心，即预示能生子。

出汤气　小孩突然发烧怕冷，家人以为被上代或新去世的人碰着了，则要出汤气。方法是在家门口放一碗清水，水中插三根筷子，顺筷淋水，边淋边按顺序称呼先人名字，如筷子竖直不倒，即为

来安县半塔镇贯大山下的土地庙　2020 年 5 月 5 日
王祖道摄

碰到某先人。还有的地方是把碗倒扣过来，往底上抛硬币，边抛边喊先人名字，如硬币站立不倒，家人即烧纸，祈祷先人保佑后人安康，并表示病好后上坟还愿。

新中国成立后，随着科学文化知识的普及，滁州民间求仙拜神之俗日益稀少。

滁州文化丛书

CHUZHOU WENHUA CONGSHU

生活生产经营习俗

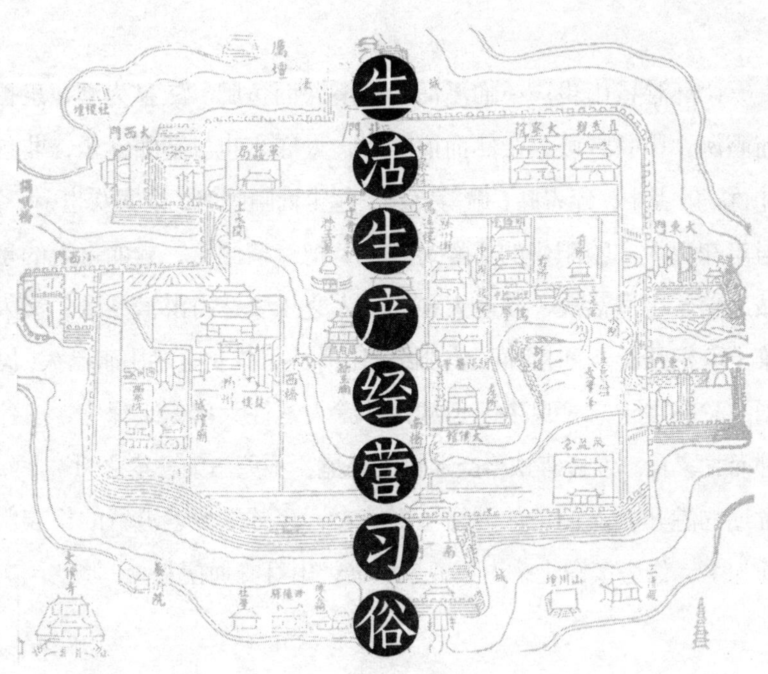

明代滁州城图

生活习俗

“环滁皆山也……临溪而渔，溪深而鱼肥。酿泉为酒，泉香而酒洌；山肴野蔌，杂然而前陈者，太守宴也。宴酣之乐，非丝非竹，射者中，弈者胜，觥筹交错，起坐而喧哗者，众宾欢也……”当年知滁太守欧阳修的《醉翁亭记》把诗情画意、秀丽奇绝的亭城之美，闲适恬淡、政通人和的滁人之乐表达得淋漓尽致，文人雅士争相拜读，一时之间，洛阳纸贵。滁人好饮食之名由来已久，民国《滁县乡土志·风俗》记载：“滁人习性大率偏于保守，安俭朴而甘家食。惟近年铁路交通日渐繁盛，不免沾染奢华之习”。新时期的滁州，人们一如继往喜爱美食，穿戴以普遍流行的汉族服饰为主，住房多样化，人际关系和谐，出行交通便利。

饮　食

记得小时候，每到腊月，农村家家户户都会熬制山芋糖浆放在瓦罐里保存起来。那山芋糖也称“糖稀”，是孩子眼中不可多得的美味。我时常趁爸妈不在家时，用筷子伸到瓦罐里挑几串“糖稀”吃，然后把痕迹处理得干干净净。待过了小年，父亲便邀请会做糕点的邻居到家里用“糖稀”制作炒米糖、芝麻糖。而在滁城，“薄荷糖老爷爷”张志忠那嘹亮悠长的“香蕉糖……薄荷糖……”吆喝声在绵延70多年后，仍然回荡在数代人的心里。毗邻南湖的路边，1912街区里，那组《张大爷的糖担》雕像，将无数人儿时甜蜜的回忆和这座城市的记忆永远定格……

张大爷的糖担雕塑　2020年3月22日王道琮摄

滁州人平日饮食以大米、小麦为主，灾荒年月多以荞麦、玉米、高粱等作主食，家境贫困者靠山芋、南瓜、榆树皮、野菜等煮饭熬粥充饥。20世纪70年代以后，人们生活日渐好转，主食为大米、精面，杂粮作为调剂食品。

人们习惯一日三餐，旧时一般两稀一干，早餐稀饭配以点心，

80年代以后，早餐渐增牛奶、豆浆。中餐大米饭或面食，晚餐稀粥、炒饭或佐以包子等面食。剩菜剩饭和水煮曰菜烫饭。面食有面条（又分为挂面条、擀面条、机制面条）、面皮、疙瘩、饺子、馒头、包子、大饼、油饼、单饼等。杂粮有豆类、玉米、山芋等。端午节用糯米包粽子，春节磨元宵面、蒸年糕、做欢团（炒米糖）、八宝饭等。

城乡居民喜欢吃上市鲜，谚有“清明螺蛳端午虾，九月重阳蟹爬爬，七月半仔鸡中秋鸭，五月黄鳝冬天鳖”。平时家常菜，荤素因家境而异。新中国成立前后，农村居民以食用自种的蔬菜为主，城镇居民靠郊区供应蔬菜。20世纪90年代后，肉类和水产品逐渐成为家常菜肴。常年食用青菜、辣椒、土豆、萝卜、韭菜、莴笋、菠菜、冬瓜、黄瓜、西红柿、茄子、藕等素菜和豆腐、干子、千张等豆制品，荤菜主要有鸡、鸭、鱼、肉（猪肉为主，兼食牛羊肉）。近年来，海鲜在城市家庭餐桌上较为常见。农村各家有菜园，瓜菜种类多样。城乡居民喜爱的家常菜肴有韭菜炒蛋、青菜烧豆腐、萝卜红烧肉、红烧糖醋排骨、红烧小公鸡、蒜苗烧黄鳝、枸杞头炒鸡蛋、螺蛳肉炒韭菜、凉拌糖醋藕、狮子头、藕夹子、煮干丝等。汤的种类很多，有骨头汤、鸡汤、番茄汤、清炖鱼汤、杂烩汤、牛羊肉汤、冬瓜汤等。来安的雷官板鸭、天长的秦栏卤鹅、全椒的管坝牛肉、明光的女山湖大闸蟹、凤阳酿豆腐等更是声名在外的滁州名菜。食用油主要有猪油、菜油、芝麻油、花生油等，20世纪90年代起，多用色拉油、调和油，条件好的人家用橄榄油。

自古以来，家家户户喜欢腌制咸菜、干菜。春腌小蒜、蒜苗、蒜头、莴苣、鸭蛋；夏天用黄豆、蚕豆等做酱豆、晒豆酱，兼以酱黄瓜等；秋天渍豇豆角、酱扁豆、酱瓜、腌韭菜豆（黄豆），制作豆腐卤、辣椒酱；冬令小雪以后腌猪肉、牛肉、鸡、鸭、鹅、鱼，灌香肠等。乡下“杀年猪”，风公鸡、风羊腿、风排骨，挂风蹄等俗依然延续。

滁州传统特色小吃品种繁多。主要品种有：米食、汤圆、糯米蒸饭、馓子、麻花、五香茶叶蛋、水饺、煎饺、油条、千层饼、酥饼、五香兰花干、狮子头、葱油饼、包子、馄饨、春卷、烧卖等；糖食糕点有酥糖、片糕、寸金、交切糖、炒米糖等。豆制品有豆腐脑、素鸡油炸干、糯米糖藕、烤山芋、粽子等。滁州琅琊酥糖、天长甘露饼、全椒酥笏牌、定远雪片糕等是名声在外的特色小吃。

喜悦　2014 年 5 月 24 日王道琼摄

街头小吃冰糖烤梨　2020 年 1 月 20 日王道琼摄

滁州人四季食用的果品有香瓜、桃、梨、枣、苹果、香蕉、西瓜等，南谯施集、章广盛产板栗，天长龙岗“鸡头果”（学名芡实）亦形成产业化的地方特产果类。近年来，荔枝、芒果、火龙果等南方水果，甚至国外的水果也不再稀罕，超市里的各类新鲜水果琳琅满目。

滁州人性格豪爽，喜欢饮高度酒，家有来客必须上酒，酒席间划拳行令。谚云“无酒不成席”“宁伤身体不伤感情”“有酒无令不热闹”。过去，一般居民家都会自酿糯米白酒，或买散装酒。20 世纪 70 年代起，随着生活水平的提高，白酒、啤酒、葡萄酒、洋酒等酒类应有尽有。亲朋小聚，菜肴一般 5~8 样，称为家常便饭。招待远客，酒菜从丰，并请有声望的人作陪。春节期间，互相请吃春酒。20 世纪 90 年代后，城乡请客收礼之风开始盛行，婚娶、生子、寿诞、高考录取、参军、搬家、开业等都要请客。有请必送礼，礼品也日渐丰厚，随礼渐成重负。近年来，随着人们养生保健意识的增强，席间劝客豪饮之俗渐弱，主人在提供红白酒类的同时，多配以果汁、奶类或雪碧、可乐、粗粮宝等饮料。滁州贡菊、施集绿茶、半塔小兰花等是滁州人喜爱的日常茶饮。

旧时滁州请客筵席分三等，上等八大四小口碟带烧烤，俗称烤席。大多以第一碗主菜为名，如燕窝席、鱼翅席、蹄筋席。十二碟包括四荤菜、四蜜饯、四水果；四小碗有象牙柱（蛇肉）、鸽蛋等；八大碗包括全鸡、全鸭、西米莲子等；烧烤、烤鸭、烤猪子或烤乳猪。中间上一两道点心。中等是鱼皮席或海参席，八碗八碟，其中有不少是传统名菜。下等是八大碗，荤素各半。建国前，官绅富商多备上等筵席待客。中下等筵席在民间较普通，花式品种有所不同。

新中国建立前后，设宴请客的习俗变化不大，一般分中午、晚间两餐，中餐叫“面席”，晚餐为“正席”。农村的正席多为八大碗，名曰“猪八样”，以猪肉为主；城镇正席有八碗碟、八碗八碟和八碗十二碟不等。亦有办“四六八”席者，即四盘六碟八大碗。20世纪80年代以后，城镇居民每逢喜庆酬客，菜肴更加讲究，多在饭店包席，每席多为十盘十碗；乡村农民宴客，上桌必以十二碗为敬。宴席多为八人一席，以上座左首为首席，右首为二席。首席多请辈份高、年岁长的人就坐，贵客（如新女婿首次上门）也安排在首席。下方称下座，左右两边称东首、西首。如有六人

烤山芋　2020年1月20日王道琼摄

进餐时，桌面不可坐成“乌龟席”（即南北各一人，东西各两人，或东西各一人，南北各两人）。席上的菜碗摆法均有规矩（即碗碟以横竖成方阵，忌乱置），席间举杯人依席次敬酒一圈，称为“打通关”。每碰杯，必要喝两小杯。尔后划拳、捣杠子、猜火柴棒、剪子石头布等行令，以助酒兴。

近年来，城镇居民宴请的地点大多从家里改为到饭店或酒店设宴。通常以个人喜好现场点菜，或者按定的桌子、宴请的人员数量计费，菜肴可以在提供的套餐上适当调整。农村宴席除了自做、下饭店外，也有专门做红白事宴席的班子承揽，他们自带厨具和一次性碗筷用品，家主只需备好油米菜等物品。

服 饰

服饰，除了满足人们物质生活需要外，还代表着一定时期的文化。“衣”字，在古代除了统指身上穿的衣服，也有狭义和广义之分。狭义上的衣，专指上衣；广义上的衣，包括一切蔽体的东西。饰，以增加人们形体外貌的华美。服饰主要起遮羞、御寒、装饰作用。我国素有“衣冠王国”之美誉。自夏、商起，开始出现冠服制度，到西周时，已基本完善。战国期间，诸子兴起，思想活跃，服饰日新月异。隋唐时期，经济繁荣，服饰华丽开放，形制多样。宋明以后，强调伦理纲常，服饰渐趋保守。清代末叶，西方文化传入，服饰日趋简便适体。

滁县城门外的平民（1930 年代）

衣着：清末民初，滁州人穿着衣料主要有丝织和棉织两种。平民多着自纺自织自染的棉布衫长裤，有钱人兼着丝绸或皮衣。男性有大襟长袍、大褂，冬着棉裤、套裤，多以黑、藏青色为主；女性穿大襟短褂、长裙，冬有棉裤，多穿藏青、黑、枣红色。嫁衣多红色、花色。年轻女孩子多穿花衣，青年妇女也有穿花衣的。官绅富者多着长袍大褂，外加对襟马褂为礼服。劳动者穿长布褂，干活时，半边撩起，系在腰上（腰扎腰带），扎裤脚管。20世纪20年代，妇女衣裤不镶边，长裙亦少。20世纪30年代，城镇中青年妇女一度流行穿旗袍，乡村青年妇女爱穿大襟，少数在外读书学生穿学生装和西装。20世纪50—60年代，除老年妇女穿大襟上衣外，教师、干部、学生多着制服，盛行青年装、学生装、列宁装、中山装，颜色以蓝、黑、灰居多，青年人一度喜穿毛蓝裤，浅士林（色）衬衣，以简朴为风尚。20世纪70年代，棉绸、涤棉、涤卡、麦尔登等各种化纤、毛料服装渐次流行。20世纪80年代开始，服装的款式、颜色、质地变化很大。青年男女中流行喇叭裤、牛仔裤、健美裤、西装、滑雪衫、羽绒衫、蝙蝠衫、茄克衫、迷你裙等。化纤、呢绒、皮毛、针织等逐渐成为大众化的衣料，各种品牌、时尚服饰应有尽有。青年妇女多穿各种颜色的短裙、连衣裙，呢制服、西装、羽绒服较盛行。

鞋帽：民国初年，官绅穿云字头双梁厚底靴。妇女穿后跟口沿有叶瓣的绣花鞋。小孩穿虎头鞋。城镇居民多穿元宝口和鸭舌布鞋。农民在劳作时赤脚或穿草鞋，冬穿蒲鞋、麻窝子，上街或串亲戚穿布鞋。工人多穿草编的凉趿子。20世纪30年代，城镇居民雨雪天穿钉鞋、木屐，少数穿胶鞋。新中国建立后，仍以布鞋为主，穿球鞋、胶鞋及胶靴的人逐渐增多。“文化大革命”期间盛行塑料凉鞋和军用解放鞋。20世纪70年代，打袼褙、纳鞋底、做布鞋是农村妇女必备的技能，多数农民有胶鞋、胶靴。干部、教师和城乡中青年普遍穿皮鞋、凉鞋、球鞋。20 世纪 80 年代后，鞋的品种花色增多，男女老少普遍穿皮鞋、运动鞋。青年妇女则多穿中、高跟皮鞋、时装鞋等。自制布鞋日渐减少。趿鞋，也叫拖鞋，20 世纪 50 年代前有木板的、草编的和布制的，也有皮革的。20 世纪 80 年代以后，家家都穿塑料拖鞋，也有用布或毛线自制的轻便趿鞋。

清末民国初年，男戴红顶瓜皮帽，少数戴毡质礼帽，中老年妇女戴勒子或包头，农村妇女喜扎黑布头巾。男孩戴和尚帽，女孩戴猫头风帽，夏秋季戴莲花帽箍子。老年人或农民喜戴马虎帽，又称老头帽，平时卷边，遇风寒则将卷边放下，套着整个头部，露出两眼。新中国建立初期，帽子花样翻新，工人多戴工人帽，干部喜戴解放帽、新四军军帽、八角帽，男孩戴虎头帽，年老的妇女戴黑色的平顶毡帽、如意帽。农村中青年妇女用方巾包头，山区一带喜戴条子花头巾，圩区一带喜蓝色包头巾。20 世纪 60 年代后，流行呢制解放帽、东北帽和棉军帽。20 世纪 80 年代后，中青年男性多不戴帽，而青年女性戴者渐多，帽的款式新颖繁多，人们选择帽子多为美观、时髦，与服饰搭配。近年来，人们多不戴帽，户外活动方才戴帽或围巾遮阳挡寒。

滁县文德桥前的合影（1951 年）

发式：民国初年，男子剪辫留长发，俗

称“二刀毛”，后演变为西装头、平顶等。初生男婴留胎毛剪桃子头，也有蓄发打辫子的，10 岁生日这一天由舅舅将辫子剪掉。女孩梳“爬爬角”，成年梳独辫，额前留刘海，出嫁前要开脸，用线绞去脸部汗毛，梳出汗箍，绾辫成髻，发髻为馒头式或插簪式，均用发网簪子卡住，或别梳插花。老年妇女梳巴巴头。少数女学生剪短发。20 世纪 20 年代后，出现火烫发。20 世纪 30 年代后，城乡妇女逐渐剪短发。20 世纪 40 年代开始有电烫发，80 年代后化学烫发兴起，男女发型变化很大。男子发型多为平顶、板寸、侧分式，少数留长发或烫发。女子流行烫发、染发，很少再梳长辫子。

1980 年代妇女着装

装饰：旧时，富贵人家孩子戴银项圈、长命锁（金、银、玉、桃木多种）、手镯等，帽饰有“开通关煞”“长命百岁”或罗汉、八仙图等，寓

穿旗袍的女人们　2019 年 3 月 19 日王道琼摄

意驱邪祈安、长寿延命。妇女戴首饰很普遍，质地有纯金、包金、镀金及银质，种类有耳圈、耳坠、耳环、耳塞、手镯、戒指、发簪，针等。梳头喜用刨花水（梧桐树皮浸泡）、茶油，扑粉敷脸，少数妇女描眉、施胭脂，入秋以凤仙花汁染红指甲。农村妇女尤喜头上插牙拢或各式发夹。富家老年妇女的勒子上还镶嵌珍珠、玛瑙之类的珠饰，男子佩戴金戒指、金卡子（领带上的别夹）。“文化大革命”期间，上述首饰均视为“四旧”，除少数老年妇女发髻上插银簪外，其余均绝迹。男女老幼胸前多佩戴各式毛主席像章。20世纪80年代后佩戴首饰又逐渐时兴。男女订婚必有金银珠宝首饰。一般妇女佩戴戒指、项链、手镯等习以为常。富有的男人也戴金佩玉。

住 房

千百年来，住房的发展变化，不仅反映了人们生活方式的变化轨迹，也凝聚了人们对生活的理解和看法。滁州城乡居民住房习俗也在不断演变。

择地：旧时建房前，要先请阴阳先生看风水，选宅基地，占卜确定动土和开工时间，以期丁财两旺。建房时，如大门迎空旷地或迎别人家山墙（名为暗木箭），就在门侧嵌一石块，镌刻“泰山石敢当”以避邪，或在门头悬挂镜子一面。地择好后，如一时不能动工，需于“冬至”后用竹竿顶一个瓦罐子，挖几锹土，表示已动工，以后一切无忌。

上梁：上梁须选黄道吉日，办上梁酒招待工匠师傅。在新房框柱上张贴“立柱喜逢黄道日，上梁正遇紫微星”等吉利对联，脊桁中间贴上“上梁大吉”或“吉星高照”等吉语红纸，并披以

滁县“老东关”——遵阳街（清朝末年）

滁州历史建筑马家小院　2019 年 10 月 2 日王道琮摄

红布悬坠铜钱。上梁忌说不吉利的话。上梁时辰一到，鞭炮齐鸣，工匠师傅齐唱喜曲，边上梁边说吉利话，互相喊“好”。待正中缠悬红布的正梁架好后，主家发给压梁糕、烟、喜钱等，以示彩发，并敬神、放鞭炮。

迁居：新房建成迁入居住，俗谓乔迁、进宅，多在黄道吉日黎明前。亲朋好友赠送喜联、贺礼（多为日用品），对联多为“莺迁乔木，雀占高枝”等吉语。入宅这天，要在旧居煮好一锅饭，由家人抬着，女主人拿着火叉火钳，在亲友陪同下进入新宅，随即燃放鞭炮庆贺。在新灶上做饭，名为“热锅”，需烧芝麻秸或豆秸，意为“节节高”，做菜必须有鱼，意为“年年有鱼”。家主置办酒席宴请客人，以示感谢。

式样：建房喜向南，朝阳，谚有“朝南砌上几间屋，子子孙孙多享福”。街面上的房屋则因地制宜。旧时，富户人家的住宅多为二三进四合院。每院正房3~5间，厢房2间。青砖斗墙，柁梁立柱，鳞瓦盖顶，室内方砖铺地，前有屏门，内有隔扇。地面铺木质地板，屋顶上有亮瓦（即玻璃天窗）、前墙有老虎窗。相邻房屋山墙用砖石砌成“风火墙”。院门多取东南或西南向，取“向阳门第”之意，建门楼、甬道。城镇居民住房多临街而建，面街开门，临街工商户设门面房、制木板门窗，早下晚上。农村多土墙草顶，贫困户一家数口，蜷居一室，各式器具，杂乱堆放。20世纪50—80年代，城镇居住多为大杂院、筒子楼宿舍。农村住房多为土墙草顶或瓦顶，正屋二三间，厢房与之相连。圩区常遭水患，贫穷人家多是芦苇秆、高粱秆或竹片夹成加泥敷刷的篱笆墙、草顶房。富户人家盖有少量砖瓦木结构平房。山区多以石块砌墙，屋顶一般为木质梁柁、竹椽、芦席或泥灰笆。面向一般坐北朝南，多数住房无窗户，有的仅在壁间留隙为窗。20世纪70年代以前城乡住宅多陈旧。80年以后，农村建房多改为砖瓦结构平房或混凝土结构楼房。正房3~4间，侧房2间，有围墙、门楼，自成院落。农村宅基统一规划，新农村住房建设，均以户为单元，建成二层以上小楼房。90年以后城镇居民住宅小区逐年增多，户

来安县杨郢乡石界牌石头草房 2012年9月15日吴宗宝摄

来安县舜山镇林桥村民住宅　2013 年 3 月 31 日王道琼摄

居二室或三室一厅单元房，水、电、厨卫设施配套。农村新建瓦房很普遍，楼房也日渐增多，居处前有场基、猪圈、厕所，后有树木菜园，幽静宽敞。茅草屋已少见。近几年来，随着土地流转、美好乡村的建设与发展，农村住房和环境日益改善，每个行政村都配建有公共文化休闲娱乐设施。茅草屋绝迹。

如今，民间建房迷信陋习已不多见，但上梁、乔迁庆贺等习俗仍然存在。

交 际

何谓交际？汉代王符《潜夫论·交际》语曰："人惟旧，器惟新，昆弟世疏，朋友世亲，此交际之理，人之情也"。人生于世，必然要通过语言、行为等方式与他人交流思想情感，沟通意见建议，传递信息，维护关系等等，从而实现个人或群体的人生价值和社会价值。

人际交往首先要遵守称谓礼仪，准确的称谓能恰当地体现出当事人之间的隶属关系。称谓礼仪有姓名称谓、亲属称谓、职务称谓、性别称谓等四个大类，称谓礼仪在我们的日常生活中和外交活动中都非常重要。

旧时，不同的身份、不同的场合、不同的情况，在使用称谓时十分讲究，不可有半点差池。旧时称呼有书面和口头之分，书面称呼烦琐。在亲属称谓上尤为讲究，主要有：对亲属的长辈、平辈决不称呼姓名、字号，而按与自己的关系称呼。如祖父、祖母、父亲、母亲、胞兄、胞妹等。有姻缘关系的，前面加"姻"字，如姻伯、姻兄等。称别人的亲属时，加"令"或"尊"。如尊翁、令堂、令郎等。对别人称自己的亲属时，前面加"家"，如家父、家母等。对别人称自己的平辈、晚辈亲属，前面加"敝"

“舍”或“小”。如敝兄、敝弟，或舍弟、舍侄，小儿、小婿等。对自己亲属谦称，可加“愚”字，如愚伯、愚岳等。另有远房称谓前加“族”字，去世后在称谓前加“先”字等习俗。社会称男性长者为“老先生”，称女性长者为“老太太”。

随着社会的进步，人与人的关系发生了巨大变化，原有的亲属、家庭观念也发生了很大的改变。新中国建立后，仅有部分旧称呼还在婚、寿、葬礼上使用，或在书面语上偶用。日常生活中，我们使用亲属称谓时，一般都是称自己与亲属的关系，简洁明了，如爷爷（爹爹）、奶奶、外公、外婆，爸爸、妈妈、哥哥、姐姐、弟弟、妹妹等。有姻缘关系的，在当面称呼时，也有了改变，如岳父——爸，岳母——妈，姻兄——哥，姻姐——姐等。称别人的亲属时和对别人称自己的亲属时也不那么讲究了，如：您爹、您妈、我哥、我弟等。长辈对晚辈直呼其名，也呼儿子、女儿。无亲友关系者一般称同志、师傅，或称大伯、大妈、叔叔、阿姨、X兄弟、X姐妹。1980年代以后，“老板”“小姐”“先生”“领导”成为流行称呼，“老大”“哥们”“姐们”“头”等称呼也很常见。文化修养高的人，不少仍沿袭传统的称谓方法，显得礼

旧时见面行礼图

貌、高雅。

除把握好称谓外，还要遵守必要的礼节。清代，下级面见上级，百姓进见官员等均行跪拜礼；路遇熟人，拱手或作揖致意。民间行路也向来重礼让三分，讲究尊卑有序。滁州清流关古路碑上曾写有："民避官、贱避贵，少避长、轻避重"等训言。辛亥革命后，禁行跪拜礼，实行鞠躬或握手礼。但民间礼仪场合，如晚辈给长辈拜年，或吊唁、求神拜佛等仍行跪拜礼。新中国建立后，见面盛行握手、鞠躬、点头示意。逢来客须央客人先行，主人随后或牵手并行，按辈分长幼宾主落座。递烟送茶，主客均要起立用双手接，茶必原沏。留餐则备酒肴。客人告辞时，主人要随行送出门外，并道别"再见，慢走"。如今，许多繁文缛节淡化，但以上礼节仍继续沿袭。尊师敬长、尊老爱幼等是人们普遍遵循的社会礼仪风尚。

生产习俗

“为什么我的眼里常含泪水？因为我对这土地爱得深沉。”这是大家所熟悉的现代著名诗人艾青的《我爱这土地》中的诗句。一个“爱”字诠释了一切，因为土地是我们永远的归宿。素有“金陵锁钥”“江淮保障”之称的滁州，早在远古时期，先民们就在这片土地上生息繁衍，与土地融为一体。四季分明、土地丰饶的滁州适宜种植小麦、油菜、水稻、黄豆、芝麻、绿豆等农作物和各种蔬菜瓜果，猪、牛、羊、马、狗、猫、鸡、鸭、鹅是常见畜禽。

清光绪《滁州志·食货志二》载：“土亦宜竹，遍望青葱，居者中椽。药草甚富，以明党参、桔梗为大宗，殷商巨贾捆载而适四方。甘菊产大柳者佳，谓胜于杭州，而不可多得。”农民依靠土地发展种养业，忙时以牛耕田耙地，以水车提水灌溉，闲时或挖药草、编竹器、砍柴烧炭贴补家用。城镇多有金、银、铜、铁、木等纯手工业生产的工匠店铺，商业经营日用杂物、百货和土特产。

在传统的农业、手工业生产和商贸经营中，人们出于对天地神灵的崇拜，祈求五谷丰登，财源茂盛，形成各自的习俗、行规，并世代相传。随着时代的发展，生产方式和技术不断变革，生产经营条件日益改善，许多习俗行规多已消失或淡化。商业经营中

“敬财神”等风俗依然存在。人们在奠基、开业、庆典、搬家、婚嫁时，多选择吉利数字“8”（寓意“发”），忌讳“4”（与死同音）。

祭土地

土地爷是中国古代传说中负责掌管一方土地的神仙，住在地下，也称为宅神。源于远古时代人们对土地的崇拜和尊重，有了土地，才能生存。对于统治阶级，领土的大小象征国家的强弱，于是土地神就被细化出来，也渐渐地人格化。土地爷在民间诸神中地位极低，职权也有限，但它却被民间普遍供奉，旧时凡有人群居住的地方就有土地神存在。土地神的形象多种多样，封土为丘大概是

来安县独山镇永安桥头的永安庙　2020年9月24日　王道琼摄

最早的土地神形象，石砌的、木建的小小土地庙随处可见。土地载万物，又生养万物，长五谷以养育百姓，这是国人之所以亲近土地而奉祀土地的原因。

最早称为土地爷的是汉代蒋子文。《搜神记》卷五曰：“蒋子文者，广陵人也……汉末为秣陵尉，逐贼到钟山下，贼击伤额，因解绶缚之，有顷遂死。及吴先主之初，其故吏见文于道，乘白马，执白羽，侍从如平生。见者惊走。文追之，曰：‘我当为此土地神，以福尔下民。尔可宣告百姓，为我立祠。不尔，将有大咎’……于是使使者封子文为中都侯……为立庙堂。转号钟山为蒋山。”此后，各地有功者死后往往被立为土地神。据清赵翼《陔余丛考》卷三五称，沈约为湖州乌镇普静寺土地神，岳飞为临安太岳土地神。清人赵懿在《名山县志》中称土地神不一，有多种名目，其中有花园土地，有青苗土地，还有长生土地（家堂所祀），又有桥头土地、庙神土地、灶头土地等。

土地爷的形象大多为须发全白的老翁，慈眉善目，和蔼可亲。自南宋起，有的土地庙中配祀有土地奶奶，与土地爷共受香火供奉。在乡村，无论贫富，一进门就有土地神龛，尺余大小。《琅琊漫抄》记载，朱元璋“生于盱眙县灵迹乡土地庙”。因而小小的土地庙，在明代倍受崇奉。如《金陵琐事》称，建文（1399—1403年）二年正月，奉旨修造南京铁塔时，在塔内特

来安县半塔镇大余郢王母山上的土地庙，文字清晰可见。右侧：大明正德，左侧：丁丑年一月十二日。距今504年。 2020年5月7日王祖道摄

地辟一“土地堂”，以供奉土地爷。《水东日记》称，当时不仅各地村落街巷处有土地庙，甚至“仓库、草场中皆有土地祠”。

旧时滁州，几乎每家的田头都有一座小小土地庙。在开犁、撒种、小麦拔节、稻谷扬花、开镰收割等重要时节举行祈祷活动。每年的除夕和农历正月初一交子时，家主打着灯笼，带上猪头、公鸡、鲤鱼等“三牲”和香烛、鞭炮，赶到田头的土地庙去磕头烧香，祭祀土地神，祈求保佑人丁平安、五谷丰登、六畜兴旺。此俗也称“送庙香，祭三牲”。祭祀结束后，携回供品全家共食。春耕动土之前，要在土地庙前挖一锹土，称为“破土”，以后方可耕作。“文革”期间，滁州祭土地习俗基本绝迹了。

敬牛栏

旧时，每到除夕，滁州再穷的农家也要置办一些好酒好菜。吃年夜饭前，人们在牛栏贴上写有“牛头兴旺”等吉语的红纸，对着牛栏供一炷香，祈求来年五谷丰登、六畜兴旺。同时还要给耕牛喂一顿牛饭，以犒劳耕牛一年来的辛苦。牛饭有黄豆、小麦，用稻草包裹着送到牛嘴边，边喂边说：“打一千，骂一万，三十晚上一顿饭；用力拉，带劲干，来年粮草堆成山。”

“牛是农家宝，耕田少不了”。如今，农村养牛人家仍旧保

耕秧田　1992 年 4 月王道琼摄

耕耘　2013年3月31日王道琼摄

留着吃年夜饭前先喂牛的习俗，这也充分体现了人们对牛的感恩和爱惜。

自古以来，牛以其气力和血肉之躯满足着人们日常生产和生活中的各种需要。宋代文学家王安石的《和圣俞农具诗十五首·耕牛》诗："朝耕草茫茫，暮耕水潏潏。朝耕及露下，暮耕连月出。自无一毛利，主有千箱实。睆彼天上星，空名岂余匹。"牛不仅帮助人类耕田耙地，还能拉车运输。此外，它的肉和奶是营养丰富的食品，它的皮可以做衣服鞋帽，它的毛可以打绳子、擀毡毯，就连它的粪便也可以肥田做燃料。南宋宰相、民族英雄李纲这样赞美牛："但得众生皆得饱，不辞羸病卧残阳。"鲁迅更留下名言"横眉冷对千夫指，俯首甘为孺子牛。"

开秧门

“百花捧出秧歌灯，春风迎来玩灯人，柳林黄莺唱新歌，千家万户开秧门……”这是在滁州已有三百多年历史的来安县大英镇省级非物质文化遗产《秧歌灯》里的民歌小调，展现了农耕时代“开秧门”时群众劳动、祈祝丰收的场景。

旧时，每到插秧季节，滁地农户多选择吉日举行开秧仪式，

做秧田　1992年4月王道琼摄

插秧 2014 年 5 月 24 日王道琼摄

来安县省级非遗秧歌灯表演 2013 年 2 月 22 日王道琼摄

俗称“开秧门”。这天清早，家主焚香点烛，放鞭炮，祭土地神，接着全家聚餐，饮开秧酒。然后众人到秧亩田拔秧苗，再到秧田插秧。每次先由德高望重的长辈或家主在田中拔起或插下第一棵秧苗，晚辈或其他人随后跟上，边干活边唱插秧歌（也称打秧号子），众人泼洒泥水，追逐嬉戏，被泼得越多越吉利。“春田日插日，夏田时争时。”插秧人你追我赶，插过秧苗的田地一片绿意盎然。20 世纪 90 年代前的农村，还能经常听到人们喊号子、唱秧歌，或高昂或悠长的号子声、歌声在田地里、山林间不时地飘荡回响。特别是唱秧歌时，在众人领唱过门后，一人唱歌词，隔趟相和，此起彼落，情趣盎然。人们在那或高或低的号子声、秧歌声里干劲十足，忘却了劳动的辛苦和生活的艰难。

“开秧门”开启的是农家一年的希望与期盼，谁也不甘落后。待到最后一块秧田栽完，即为“了秧”。“了秧”时通常要留两撮秧苗，一撮摆在牛汪里，一撮甩上屋顶，以测年景。若秧根朝下，则预示丰年，反之则预示荒歉。家主置办酒菜请吃“了秧酒”，以示感谢和庆贺。20 世纪 50 年代实行农业生产合作化后，此俗一度消失。70 年代末分田到户，栽秧相互请工较多，喝“了秧酒”之风重新兴盛起来。

如今，滁州很多青壮年外出打工，不少农村土地流转给大户耕种，并代之以机械化插秧。“插田不弯腰，秧在岸上抛”，一些留守老人与妇女也从繁重的体力劳动中解放了出来。“开秧门”的繁忙场景和“唱秧歌”等农耕时代特有的习俗已难以见到了。

经营习俗

匠作俗规

旧时，滁州流行的工匠主要有金、银、铜、铁、锡匠等，这些工匠不兼营其它种类。木匠中做建筑的被称为大木，做家具的被称为小木。此外，还有鞋匠、裁缝、篾匠、剃头匠等。各类工匠均有拜师规矩，其内容、礼仪大同小异。拜师时立有契约，大多是徒弟学徒期间要信守规矩，所遇天灾人祸，师傅概不负责等等。学徒期一般为三年，期满后，再帮师傅做三年。工匠中有“一日为师，终生为父”之说。拜师、满师，都要置办酒席，俗称拜师酒、谢师酒。根据本店或作坊大小，办酒的规模不等。匠铺学徒店员的言行举止和雇用等也有许多禁忌、规矩。如不准踩踏或蹲坐在门坎上，不准把腿跷着躺坐，不准坐在柜台上，不准玩弄算盘和把算盘倒放，不准在店门口伸懒

滁县城门外的篾匠摊子（1930 年代）

老理发店　2014年3月16日王道琼摄

腰打哈欠，不准背朝店门而坐，不准面朝店门小便，等等。俗信认为，犯了这些禁忌就会得罪财神，对生意不利。

不同工匠有不同师承、祖师、禁忌及规矩。如金属冶炼、打制匠人供李老君（老子），木匠供鲁班，药铺供药王，郎中供华佗，酿酒匠人供杜康。甚至不同作坊过年贴春联也各不相同。如铁匠铺对联有："两间火烤烟熏屋，一个千锤百炼人"；木匠铺对联有："一把曲尺，能成方圆器；几根直线，造就栋梁材"；制秤铺对联有："轻重得宜大权在手，偏正不倚双纽关心"；刻字铺对联有："六书传四海，一刻值千金"；理发店对联有："毫毛技艺，顶上功夫"等等。这些对联惟妙惟肖地概括了不同行业的特点。

为了加强行业内部的联系和管理，切实有效地保护自身利益，工匠等经营者往往自发地组织起来，成立行会。行会要选定在历史上或传说中与本行业有关的代表性人物，塑像立庙，顶礼膜拜，尊称为本业祖师。每个行会都有自己的会头、会馆和集会场所，并有固定的集会日期。集会地点，有的在丰乐亭，有的在夫子庙，有的在关帝庙，场面非常热闹。滁州解放前的主要手工业行会有：木匠的"鲁班会"；铁匠的"老君会"；篾匠

手工匠铺 2014年3月16日王道琼摄

的“洪钧会”（洪钧是第一个用篾子编器物的人，为篾业的始祖）；裁缝的“轩辕会”（相传轩辕作“轩冕之服”，教民纺丝织布，人类始以衣蔽体）；皮匠的“孙祖会”（战国孙膑教士兵用牛马皮和布料制成鞋靴）；剃头匠的“罗祖会”（相传雍正年间，一姓罗道士，创制出剃头、刮脸、掏耳理发工具和梳辫子用的梳子、篦子等）；搬运工的“马祖会”（古时多以骡马驴等畜力为运输工具）等。

接财神

旧时，滁州商贾人家最为敬重的神灵是财神赵公明（亦称赵公元帅）。相传在秦时，赵公明得道于终南山，道教号为“正一玄坛元帅”，是道教所奉的财神。又传财神能驱雷役电，除瘟消灾，主持公道，求财如意。故商家多在店堂的明显吉位安放一尊财神像，每日早晚开门关门都要上一炷香，祝祷几句，这叫“常祭”。此外，农历每月初一、十五，或有重大交易时，要举行“小祭”。重大节日时要举行“大祭”。农历正月初二财神日的祭祀仪式最为隆重。商家自子时（23时到次日1时）起，供奉用红纸书写的“赵玄坛”牌位，随后开店门，三叩首，大香大烛，燃放鞭炮，迎接财神到来。

杨柳青年画沈万三接财神

正月初四，迎接五路财神。相传五路财神是“赵玄坛”的东西南北中的五位属将。此日一

早，商家仍在“赵玄坛”牌位上供、焚香、点烛、放鞭炮。香案上盘一长串铜钱，叫作钱龙。案旁用斗盛一斗米，斗内插一杆秤，秤旁置一个算盘，上贴红纸写的“金银满斗”“黄金万两”“招财进宝”“开秤大吉”等吉利词。店主率店员叩头，迎接五路财神到来。中午设酒筵，宴请全店的店员和学徒，新雇的店员也正式进店吃“玄坛酒”，主人坐下首执壶。如若要辞退哪位店员，主人则请他坐首席，亲斟一杯酒，说几句客气话。席散，被辞店员就算了工钱卷铺盖离店。若不辞退任何店员，主人则在入席时声明：“今年人事照旧，大家随便坐吧。”账房先生坐首席，其余按职位高低依次就坐。饭后，主人则会和店员交谈本年营业计划，宣布工资数目等。

改革开放以来，经商发财成为社会潮流，接财神、敬财神旧风复起。很多商家开业或竣工，燃放鞭炮，升气球，挂红幅，祈求财神保佑大吉大利，也有在店堂或公司的大厅明显位置供奉财神像。

滁州文化丛书

CHUZHOU WENHUA CONGSHU

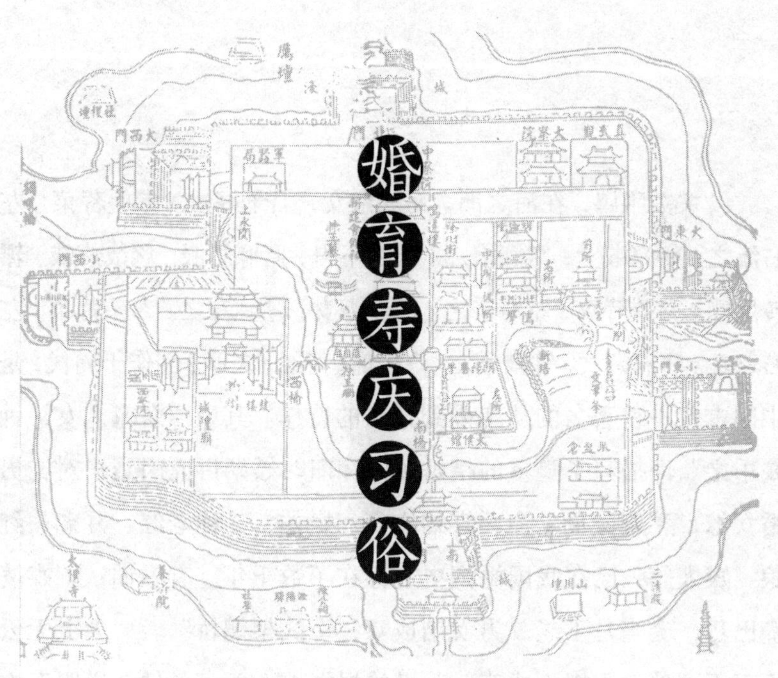

婚育寿庆习俗

明代滁州城图

婚育习俗

婚 嫁

“关关雎鸠，在河之洲。窈窕淑女，君子好逑。参差荇菜，左右流之。窈窕淑女，寤寐求之。求之不得，寤寐思服。悠哉悠哉。辗转反侧。参差荇菜，左右采之。窈窕淑女，琴瑟友之。参差荇菜，左右芼之。窈窕淑女，钟鼓乐之。”这首《诗经·关雎》创作于周代，是中国古代一首著名的从恋爱到结婚的诗作。其中“窈窕淑女，钟鼓乐之”即描写了隆重的结婚场面。旧时婚姻讲究门当户对，男婚女嫁，悉遵父母之命、媒妁之言。媒妁，又称老红、月老、红娘、媒人等，已在我国婚姻史上存在了数千年。有歌谣：“媒婆嘴巴巧，会当月下老。男女结成双，牵线架鹊桥”。“天上无云不下雨，地上无媒不成亲。”媒妁根据男女两家条件，说服双方父母同意后，开始履行婚姻各个过程。古代婚姻过程分为纳采、问名、纳吉、纳征、请期、亲迎六个阶段，也称“六礼”。纳采，即男方初凭媒人议定具送求婚礼物给女方。问名，是男方派员具求婚者姓名及出生年月日时庚贴随媒人往女家，女方以其姓氏及出生年月日时庚贴具复。民间将纳采与问名合称“传庚”。纳吉，是以年庚八字卜得吉兆后，男方备礼通知女家，婚姻既定。纳征，也称纳聘，俗称送“聘礼”。请期，是请女方同意婚期，实与纳征兼而行之，俗称“过聘”或“下茶”。亲迎，则由新郎亲往女家迎娶新娘。古之六礼，行礼庄重，且每礼附加细节；手续烦琐，且每礼必具书贴往来。在此专门介绍滁州的汉族婚俗。

婚前

传庚　男方家长托媒人去女方家为子求婚。女方家若有意联姻，就用红纸书写女儿的“年庚八字”（出生年、月、日、时）交给媒人带回，名为传庚。男方家将男女“年庚八字”放在祖宗牌位前的香炉下压着，通常经过10天“天合”后，再请算命先生算卦“命会”，俗称“合八字”。如说是“相克”，俗称“冲克”，则不成，即将女方家所开的“年庚八字”退还；如说是“相生”，则请媒人前往女方家开礼贴，即讨价还价罗列彩礼回奉的红贴。男家经过斟酌，开出回贴，女家可再磋商直到无异议，即为允婚。旧时，“相克”“相生”更多的是从生辰八字、属相来看。生肖合婚流传甚广，如属猪者不与属猴者配夫妻，谓之“猪猴难白头”。属马者不与属牛者成亲，说是“白马怕青牛”，还有“羊鼠见面愁，合婚一旦休”等等。总之“生肖相克，属相不合”坑害和拆散了许多情侣，酿成诸多悲剧。当今，生肖合婚这种带有迷信色彩的旧俗多被摒弃，婚姻此过程多是男女双方约定吉日，男方备烟酒水果等礼物在媒人和内亲陪同下去女家，俗称“相亲”，男方要给女方送红包作为见面礼。女方收受礼物和红包，且热情款待，即为允婚了。这实际上是将古六礼中的纳采、问名、纳吉合为一体的议婚过程。

下礼　也称过礼，是嫁娶的主动者（无论男女）要向另一方送聘礼，礼物包括鸡鸭鱼肉、糕点、茶叶和四对或八对布料。具体所送礼物一般事先由媒人同双方分别协商好。在滁州，多是男女家双方同意择一吉日，由媒人连同庚贴送交女方家，女方家至亲前来捧场，男方家还要包份茶礼（小茶壶和茶叶）给女方至亲。当日，女方家备礼回赠，作为正式订婚仪式，也称“回好”。当今，此礼俗是在相亲后，男女双方约定日期，女方及其亲属一起（往往有10余人以上）到男方“看家”。男方不仅要盛情款待，还要给女方及其亲属准备些红包。酒席期间双方议定礼金、鱼肉和嫁妆等。此订婚仪式犹如古六礼中的纳征大礼。

通信与送节　届嫁娶之年，男方家将定好的结婚日期，托媒人带着备好的礼物通知女方，俗称通信、报日子。通常要提前半年数月报知，女方可选择磋商，双方共同确定结婚吉日。女方家则将成婚必需的衣服、首饰等（俗称彩礼），开出清单，交给男家预备，于婚期前送交女方家备用。确定了结婚日期，双方会适时发出请贴，邀请亲朋好友参加婚礼。请贴一般由嫁娶者或其父母亲自送达亲友手中。亲友们接到请贴后，一般都会登门道贺。道贺前要准备好礼物。礼物的多少视各人的经济条件及与主方关系交谊的亲疏深浅而定。送给女方的礼物往往是亲友们闻讯主动送去，并不等请贴来了再送，多是箱、柜、床、被、餐具、衣料之类的实物，但也有用红包替代的。女方父母则以送礼人的多少确定“出嫁酒”的规模。订婚后至结婚前，男方要在端午节、中秋节、春节给女方及家长送礼，也称送节。如未报日子，又未送节，女方可视为婚事变异。当今，婚期确定后，男女双双到当地政府登记并领取结婚证，正式确定婚姻关系，同时筹备婚礼事宜。

此仪程犹如古六礼中的请期大礼。

婚礼

行嫁与接亲　出嫁的姑娘要在婚期前10天减饭量，俗称“扣饭”。临嫁前几天，女家将嫁妆送往男方家，以便布置婚房。婚期前一天，男家舅舅要来贺喜，要升号放鞭炮。男女两家都要杀猪宰鸡，准备喜宴，还要请好支客、厨师、伴娘、花轿、账房等帮助办喜事的人员。这些人确定后即提前一天到主家准备相关事宜。一般是女家早晨出嫁酒，男家中午摆喜筵。如果是纳婿（也称招亲，男到女家）则反之。也有的地方在接亲前日就摆酒席款待亲朋贺客。

迎娶之日，男家鸣炮奏乐，发轿（现有轿车等）到女方家接新娘。媒人在前面引导，新郎、伴娘、花车、乐队等随后。由全福（父母双全、健在）小孩压花轿，一路上鸣炮奏乐前往新娘家。在接亲带的礼品中必须要有满坛酒和连条肉，酒为“丢娘酒”，肉为“离娘肉”。说起“离娘肉”，还有一个传说。据老年人讲，古时候有一对母女相依为命。女儿出嫁时，母亲想到自己晚景凄凉，不禁放声大哭。女儿看母亲悲痛万分，心里也很难受，迟迟不肯上轿。同来娶亲的人急中生智，到肉铺买了一块猪肉，劝老人说：“女儿大了总是要嫁人的，割你一块心头肉，再给你补上一块。你吃了这块肉，心里就不难受了。”就这样，人们连哄带劝，总算把姑娘娶走了。从那以后，别人家娶媳妇也怕丈母娘拦住女儿不让走，便也送上一块肉表达女婿对丈母娘的安慰。渐渐地，就形成了送“离娘肉”的风俗。

这日，新娘要洗澡换装，并由全福人“开面”（用线绞去脸额颈汗毛），由母亲或姐姐梳好头。化好妆的新娘，头蒙红盖头，着红衣绣鞋，等待迎亲花轿。男家接亲队伍到时，女家动乐鸣炮相迎，也会有人设障拦轿，男方散发红包后方可进门。接亲队伍到女家后，男方当事人或是领队要送给厨师和帮新娘妆扮的、搬运桌凳嫁妆的、背或抱新娘上花轿的，以及新娘兄弟姐妹等人礼物或红包，礼数不到不发轿。

新郎要在堂屋叩拜岳父岳母，并呈上以其父名义写好的大红迎亲简帖。随后女家动乐开宴。宴后，新郎新娘在媒人的引导下向新娘的祖宗牌位和长辈行礼。上轿时，喜娘（伴娘）给新娘顶筛。新娘出门时不能碰着地面，须由兄弟背或抱着上花轿。也有踩在米筛上出门上轿的。此俗的含义是新娘不能带走娘家的土，土代表家运和财富，又有说米筛是千里眼的象征，踩米筛代表着娘家人对女儿的想念与祝福。新娘离家时必哭一场，也称“哭喜”。俗云“不哭不发，越哭越发”，寓意可以弃苦就乐。新娘上轿时，女家还要陪送一只尚未生蛋的活母鸡与男方送来的公鸡相配成对回送男方，称之为带路鸡。起轿时，娘

新娘穿婚鞋　1995 年 12 月王道琼摄

家要向轿底下泼一盆水，意为“嫁出去的姑娘泼出去的水”。

返程路上，接亲队伍鼓乐齐鸣。若遇上送葬队伍时，接亲队伍必须靠路边让行，或绕道回避。接亲队伍将要到达新郎家门口时，男家接报后即鸣放迎亲鞭炮，鼓乐齐鸣，“得胜还朝”“百鸟朝凤”等乐曲你方唱罢我登场。花轿到达新郎家时，男家大门紧闭不开，谓之“抑性子”。待新娘能下轿时，接轿妇人用两条捎带（即红布袋或麻袋）在地下轮流翻转铺地作地毯，新娘由伴娘牵引着走在红布袋上，传袋人边接传边诵贺喜词，如“捎袋传口袋，一袋传百代……”谓之可以传宗接代（袋与代同音）。新娘进新郎家时，公公婆婆及新郎兄弟暂回避，不与新娘相撞，以求日后和睦。此仪程类似于古六礼中的亲迎。

新娘吃离家饭　1995年12月王道琼摄

拜堂与喜宴　男家发轿之后，堂屋拜堂的场所就要布置好。厅堂中间的墙上贴金色的“囍”字，堂前的桌上铺绣着龙凤图案的红缎台围，红色托盘上盛有糕点、糖果、水果等。桌前置香炉烛台，红烛高照，香烟缭绕。厅堂四周挂满了或红色或粉红色的喜帐，有“百子”“龙凤”图案的缎被面，

兄弟背新娘上车　1995 年 12 月王道琼摄

羽绒被，有毛巾、布匹等，新房、厨房等门上也张贴对联或红双“喜”，到处充满喜庆的气氛。拜堂时，亲朋戚友、傧相司仪等各就各位。传统有“三拜”，即“一拜天地，二拜双亲，夫妻对拜”，还有的要依次拜外公外婆、拜娘舅、拜叔伯、拜姑姨等长辈。礼毕入洞房。此前，洞房内的床上、被单、箱子、抽屉里已放上花生、红枣、桂圆、糖等，寓意早生贵子、甜蜜恩爱。让男童在床上滚一滚，称“压床”，以祝福新娘来年生男孩。双双站在婚床前，新郎揭去新娘头上的红盖头，同吃洞房饭，喝交杯酒（旧称合卺酒）。入洞房后，新娘不再出来，新郎要出来接待宾客。

拜堂仪式后，喜宴就开始了。喜宴按来客的尊卑长幼排定座位，原则是上尊下卑，右尊左卑，客人按其长幼和身份、地位从高到低排列座次。主席要摆在堂屋上方正中，请“大亲”坐上首右边席位，新郎的父亲或舅父坐上首左边席位作陪，其余按尊卑长幼对号入座。除堂屋的正席外，次尊贵的一席摆在新房中，请新娘的母亲坐首位，由新郎的母亲或舅母作陪。其他各席的座位一般也要按尊卑次序排定。座位排定后，支客宣布动乐鸣炮开宴，新郎要先到首席斟酒敬酒，说几句表示感谢的话。然后，厨房开上第一道菜来，把婚宴推向高潮。席间，新郎要守候在“男大亲”“女大亲”桌边斟酒、送热毛巾等，以示尊敬。喜宴结束后，“上亲”先到退堂屋休息一会儿，吃些点心，由男方尊长陪着说些客套话，待帮杂人员把席面撤去，扫了地，大亲就该起身告辞了。临起时，男家要给“打发”衣料、鞋袜之类，讲究的还有红包。“送大亲”时，男家所有体面的人都要送到门口，还要鸣炮动乐，以示敬重。

闹洞房　闹洞房三天不分大小，即不分辈份高低，不分年龄大小。新郎的兄弟、同学、同事往往是闹洞房的主角，常见的闹洞房节目有吃香蕉、点烟、接吻等。新郎新娘被众人随意摆布，笑闹不断。过去闹新房一般闹到半夜或下半夜，结束时放鞭炮，招待大家吃点心。

婚后

回门　结婚第三天回门，新娘新郎要携礼赶在中午十二点前到达娘家。也有少数人家当日结婚当日回门，叫作“连亲会”。新郎要改口，称岳父母为爸、妈，与亲友、邻里见面要先打招呼，以礼相待。就餐时，新娘要陪着新郎一一向父母、亲友和邻里敬酒致谢。饭后不要急于回家，陪父母聊聊天，主动邀请娘家人到自己家里做客。回门之次日，再一同到女家，名为“复门”，女方家均须盛宴招待，并请人作陪。

谢媒　男女成婚后，双方酬谢媒人的撮合，此为“谢媒”。旧时，新郎新娘要在神位前向媒人叩拜，然后敬酒三杯，以表谢意。媒人多以“祝愿新贵人百年偕老，天长地久，早生贵子，来年还来贵府叨扰喜酒”等贺词回敬。最后向媒人送礼品，诸如衣料、糖酒、现金。有的送枕头、鞋帽、猪肉等礼品。

会亲　婚后约10日，或4日、6日、8日（有的地方为结婚第二天或回门的第二天），男方家长须邀请女方父母及其舅父母、姑父母、姨父母等亲戚宴会，表示互相认亲行走。各亲戚于次年农历正月半前，亦宴请新婚夫妇答礼。婚后第一个春节，新婚夫妇要去两边亲戚家拜年认亲，长辈须准备一定金额的红包给新婚夫妇。

陋俗

旧时，滁州还有一些婚姻陋俗，如指腹婚、箩窝亲、换亲、童养媳、冲喜等。

指腹婚、箩窝亲　婴儿出生前，双方父母互相许下诺言，指腹为约，产后如是一男一女，即结成婚姻关系，叫指腹婚。箩窝亲，也叫襁褓亲，即婴儿出生以后，按婚俗央媒说合而定，或者双方长辈约定，俗称包尿布做亲、娃娃亲。双方比较重视门第，多为世交亲友，也有的是恩德相报结成姻亲关系。

换亲　两家男儿因家庭贫困或者智商低、残疾等原因难以娶到妻子，托媒说合，互相交换其姐妹为妻，俗称换亲。此俗多流行于偏僻农村。这种婚配双方差异较大，往往有毁婚或酿成悲剧的。在农村，就有些姑娘为了兄弟能找到媳妇被家人换亲给人家做媳妇的，她们的婚姻大多不幸福。

童养媳　俗称“团媳妇”，收养家境贫寒无力抚养的女婴，待成人后作儿媳妇。也有10岁左右的女孩，因生活所迫或婆家缺劳力，提前过门，叫“小给”。成人后择日完婚，称之为“圆房”“叩头”。童养媳在家庭中地位低下、劳务繁重，备受折磨和虐待，也有中途被娘家领回的。

冲喜　双方定亲后，男方突患重病。经双方父母商定，提前择吉日迎娶，用“喜事”来“冲”掉不好的运气，以期达到治疗疾病的效果。拜堂礼仪依旧，如新郎卧病不起，则由其妹代替新郎拜堂。这种婚配，往往造成女方终身守寡。有时候男孩尚未定亲也可以马上定一家女孩直接结婚，省掉定亲环节。有时也可以让子女结婚给生病的父母冲喜。一些古典文学作品中就有这方面的描写。如，汤显祖《牡丹亭·诊祟》：“老夫人替小姐冲喜。”曹雪芹《红楼梦》第九六回：“若是如今和他说要娶宝姑娘竟把林姑娘撂开，除非是他人事不知还可，若稍明白些，只怕不但不能冲喜，竟是催命了。”

变革

辛亥革命、新文化运动以来，因受西方文化的冲击，传统婚姻的元素日渐消失，婚俗渐趋文明。

20世纪20年代后，城里新娘喜欢坐黄包车，农村新娘有坐花轿，也有的坐马车、骑毛驴。少数青年知识分子流行自由恋爱。结婚时邀请地方知名人士为证婚人，双方家长为主婚人，媒人为介绍人。司仪按照拟定的婚礼程序进行。新郎着西装或中山装，头戴礼帽；新娘头上披纱，身穿旗袍，胸前佩戴红花。新郎新娘并肩而立，向主宾脱帽鞠躬。礼毕，散发喜糖、喜烟，宴请亲朋。

20世纪50年代，新中国颁布《婚姻法》，革除了封建婚姻制度，提倡男女平等、恋爱自由、婚姻自主，严禁包办、买卖婚姻，宣传婚事新办、废除旧风陋俗。这一时期结婚程序非常简单，条件好的，摆桌酒，吹响唢呐、坐下轿子、撒把喜糖，亲戚街坊四邻凑一块吃个饭、喝个酒热闹一下就算结婚了。

20世纪60年代，男女双方必须到人民政府登记领取结婚证书。迎娶日期多选双日或节日，不再凭生辰八字推算。婚事简化，部分青年男女摒除旧习，女方不要彩礼，男到女家落户。迎亲、回门以步行、骑自行车、坐拖拉机代替。家里条件好的请木匠制作床、衣柜和桌子、椅子等木制家具，按老一辈人的话说，凑够“72条腿”或“36条腿”。更多的是，只有几床铺盖陪嫁或者啥都没有。

20世纪70年代后期，经济普遍好转，生活逐步走向富裕。姑娘出嫁坐上了吉普车、面包车或小轿车。手表、自行车、缝纫机是经典的结婚“三大件”。当时若能戴一块上海牌石英表，骑一辆永久牌或飞鸽牌自行车，不亚于今天拿着苹果手机，开着奔驰车。旅行结婚的渐多。中老年丧偶再婚时有所闻。

20世纪80年代，婚事新办蔚然成风。在重大节日，地方政府、妇联、共青团组织集体婚礼。随着改革开放的深化，家庭建设开始向电气化迈进，“老三件”被电视机、洗衣机和电冰箱“新三件”取而代之。

20世纪90年代，婚事大操大办有所抬头。娶亲要过“五关”，即买衣服关（看家前要先给女方买套衣服）、看家关（设宴招待，下聘金，金戒指、金耳环、金项链成为订婚必备礼物），送节礼关（逢年过节送节礼）、家具关（组合家具，外加彩电、空调或摩托车、录像机、影碟机等大件）、新房关（盖独立门户新房3间）。迎娶时，男方家要办宴席，部分人家还要借用轿车迎送。媳妇娶进门，花费少则上千元，多则上万元。

21世纪后，社会经济和人民生活发生了翻天覆地的变化，房子、车子和票子成为新的结婚“三大件”。每个月存钱还房贷、车贷成为现代人的新常态。随着专业婚纱摄影、婚庆礼仪公司的出现，一些传统礼俗也以新的形式渐有恢复。城乡婚姻更多地结合了中国传统和西方元素。男女双方在定婚后就拍摄精美的婚纱照。迎娶日既可以身着西服、婚纱，亦可穿着旗袍等中式传统服饰。更多的人选择在酒店举办婚礼。

婚俗中还有招亲一说。俗称“倒插门”，即“入赘”。以前为传宗接代，养老送终。无儿之家，将无力娶妻的青年招入家中为婿，生男育女随女方姓。这种习俗在农耕时代有其合理性，但往往男方被社会上瞧不起。随着时代的发展，现在谁到谁家，孩子跟男方还是女方姓，都是互相商量着来。

生　育

“蓼蓼者莪，匪莪伊蒿。哀哀父母，生我劬劳。蓼蓼者莪，匪莪伊蔚。哀哀父母，生我劳瘁……民莫不穀，我独不卒。”这首《诗经·小雅·蓼莪》生动描写了母亲生育的艰辛和对父母养育之恩的感激。后来人们祭奠祖先的时候，都要把“哀哀父母，生我劳瘁”挂在嘴上。而数千年来，人们在生育繁衍方面创造了形形色色的民俗规范和礼仪。在古代，人们特别重视传宗接代。民间在男女婚配前要请算命先生看双方生辰八字和属相，最重要的莫过于能否生子。在男女婚嫁的时候还有各种“求子”仪式，如在婚床上放枣子、花生即寄以“早生贵子”的祝愿。可以说是生育习俗的第一个程序。

男女结婚后，双方父母最关心的就是女儿和媳妇何时“有喜”“害伢子”，也就是怀孕。一旦确定了怀孕，夫妻双方及家人都会喜上眉梢，因为有了后代，家族的香火就能延续了。怀孕所以称之为“有喜”，是因为“不孝有三，无后为大”的封建传统观念深入人心。怀孕了，即意味着后世有人，同时也说明夫妻双方是有生育能力的，家族的传宗接代、人口繁衍就有了保证。

自怀孕开始，妇女的地位、身价也随之提高。全家人会对孕妇采取保护措施，让孕妇深居简出，谨慎生活，并在饮食和行为等方面加以限制。对于孕妇，俗云“酸儿辣女”，“一人吃两人饭”。一般家庭都会十分重视孕妇的保养，多食鸡鸭鱼肉、猪肝猪肾等补养身体，促使胎儿健壮。同时，适当进补和吃些保健安胎的食品。俗信孕妇忌吃兔肉，认为吃兔肉会令胎儿破相，生下的孩子会豁唇，即兔唇；不能吃狗肉，吃了狗肉的话，将来孩子爱咬人，吃奶时也爱咬奶头；不能吃生姜，否则生下的孩子会有六指；不能吃螃蟹，这样生下的孩子才不咂泡沫流口水，又说吃螃蟹会胎横难产；禁食寒性食物，如冷饮、西瓜等，认为吃生冷之物易肚痛，影响胎儿生长。另外还禁吃田鸡（青蛙）、八爪鱼（章鱼）、无鳞鱼（蟮、塘虱）等。

妇女怀孕期除忌嘴禁食外，还有不少物品和事物不能看，否则要生怪胎或难产。如孕妇不能看产妇分娩，不然自己将来要难产。这条禁忌颇有点科学根据，因孕妇看到正在分娩的产妇的痛苦表情，听到产妇的叫喊声，容易造成一种精神压力，到自己分娩时可能会精神紧张，以致引起难产。妊娠期间孕妇不能看丧葬、尸体。由于旧时民间对孕妇流产、难产及生残缺儿和怪胎难以作出科学的解释，于是便附会出种种迷信说法以警示。除禁食、禁视之外，在行动举止方面也有诸多规定。如不能跨越绳索，认为绳索像胎儿脐带，跨后要缠身难产；不能满屁股坐板登，否则胎位后坠形成；不能接触婚嫁、丧葬活动，认为“喜冲喜”对双方都不利，“凶冲喜”对胎儿、孕妇不吉利；禁忌接触神事，参与拜神祭祀，认为会污染圣地，冒犯神灵。这些民间禁忌虽然有些带有迷信色彩，但是，它对于孕妇保持稳定的情绪和健康，保证胎儿的正常发育是有一定的积极意义的。

孕妇临产的那个月份叫达月。到了达月，娘家要将婴儿出世后需用的东西送过来，或送他物寄托，希望女儿快生、顺产之意，俗称“催生”。催生礼，一般有衣、食两项。因催生礼品丰盛，往往须用担挑上，有的地方干脆就叫“催生担”。滁州民间孕妇娘家要送箩窝子（摇篮）、帐子、包被子和新生婴儿软帽（俗称“被窝帽”），和尚衣（无领、无钮扣，以绳带连系的小人衣），口涎围、小鞋袜、尿布、红枣、红糖、鸡蛋等物。婆家也要准备相应的东西。

婴儿降生，民间称之为“添喜”，也称“临盆”“落地”。过去妇女在家临盆生育，接生的人俗称“接生婆”“产婆子”。接生器械主要是剪刀、火钳、秤钩、水盆等。农村或贫困人家用稻草铺垫，城里条件好的人家用旧衣被和油纸铺垫产床、产褥。临分娩时，孕妇穿上从娘家带来的生子裙，以示娘家人的精神支持和护佑。由于没有助产技术及设备，所以遇上难产，唯有烧香磕头，束手待毙，别无他法。产妇房忌风，忌大声，男人须回避。胎儿落地时记录时辰。接生婆接下婴儿，将脐带剪断后用石灰渍好，再用红纸包住放入瓦罂内密封，保存在母亲的床下，意为“不离膝下”。俗谓此举能使婴儿长命百岁。旧俗认为分娩必须在婆家，不能在任何亲戚家生产，即使是娘家也不行。此俗有两说：

出嫁女成了婆家的人，在娘家生产不合情理。如果母子在分娩时出了差错，娘家难以担当。另一说认为分娩有秽气，会给娘家带来不幸。随着科学的发达和医疗的普及，现代孕妇都到医院分娩，有医生、护士接生，不必请接生婆，脐带处理等习俗也就随之改变。

新生婴儿由于性别的不同，当他们一出生即迎来两种不同的眼光，不同的对待。滁州民间将生男称为“大喜”，也称“弄璋之喜”；生女称为“小喜”，也称“弄瓦之喜”。有些人家生男孩后，往往要在大门口用大幅红布上书“弄璋之喜”挂于门楣上，以向外传递信息，光耀门庭。早在《诗经·小雅·斯干》中就有记载：“乃生男子，载寝之床，载衣之裳，载弄之璋”；“乃生女子，载寝之地，载衣之裼，载弄之瓦”。故后人称生男生女为“弄璋弄瓦”。璋即圭璋，是春秋时功臣朝见王侯时所执的一种宝玉，使男婴弄璋，是希望他长大后做官。瓦是古代妇女纺织时用的纺锤，让女婴弄瓦，有从小就培养她勤于纺织的寓意。先秦时期，新生儿出生，若是男孩，即在门左挂一张木弓，象征男子的阳刚之气；若是女孩，则在门右挂一块手帕，象征女子的阴柔之德。至清代，民间甚至还有溺死女婴的陋习。近代，人们在祝贺的提法上，生男的仍多用“喜得弄璋”，生女则多用“玉胜之喜”。

产妇生育后一般休养一个月，俗称“坐月子”，整个月不出门，不干活。产妇坐月子主要是要照顾好自己的身体，以防落下月子病。坐月子期间产妇不能吹风，要穿得暖和，有的还要用毛巾、围巾包住头部，不能用冷水洗脸洗手。饮食以馓子、挂面、米粥、鸡蛋为主，清炖鲫鱼、煨老母鸡汤、炖猪蹄更是产后必不可少的保健品，既可去瘀又能催奶。产妇少吃多餐，不能吃太饱，饱了会伤脾胃，忌吃寒凉生冷食品，否则会落下病根。“坐月子”期间，忌生人进房，生人进入产妇房称为“踩生”，俗传会使婴儿吓出“脐带风”。新娘、孕妇亦不得进产房，怕“相冲”。戴重孝的人也不准入产房，怕冲了婴儿不吉利。为了防止外人误闯，产房窗户挂红布，门上悬挂红布条或红绳，提醒外人莫入。民间对产妇坐月子的习俗很多，其目的主要是为了保护婴儿及其母亲的健康与平安。

成长礼仪

在人的一生中，从诞生至死亡的各个不同的重要环节，都要举行不同的仪式和礼节。在婴儿出生后及成长过程中，滁州旧时的民间习俗大致有以下几个程序：

报喜　当婴儿呱呱坠地时，孩子的父亲即设香案，向祖先报喜。待婴儿出生 3 天内，即向产妇娘家报喜。报喜之人一般是由产妇的丈夫、新生儿的父亲亲自去报喜，并随身携带红鸡蛋，生男送单数，生女送双数。娘家要送来鸡蛋、挂面、老母鸡等礼品，以示庆贺，并让产妇补养身体。

三朝　在古代，孩子出生三天后，家人才可去抱他（她）。如果是男孩，还要举行射“天地四方”之礼，预示男孩将以上事天地、下御四方为己任。孩子出生满三月后，便择一吉日，为孩子行剪发礼。同时由父亲为孩子命名（乳名）。后世新生儿出生前后的礼俗大多源于先秦礼仪。如唐代从宫廷到民间广泛流行三日洗儿的风俗。唐代诗人王建《宫词》就有“妃子院中初降诞，内人争乞洗儿钱”的描写。白居易《崔侍御以孩子三日示其所生诗见示因以二绝句和之》云：“洞房门上挂桑弧，香水盆中浴凤雏。还似初生三日魄，嫦娥满月即成珠。”孙思邈称“儿生三日，宜用桃根汤浴”，桃根汤是用桃根、李根、梅根各二两，以水煮20沸，去滓，用以洗浴，能够“去不祥，令儿终身无疮疥”。宋代流行产后三天为婴儿举行“落脐灸囟”仪式，称为“洗三”，寓意新生儿完全脱离了胎儿期，从此正式踏上了人生的旅途。滁州民间做三朝时，娘家要送老母鸡、鸡蛋、挂面馓子等营养品，以及婴儿鞋帽等，用一只大竹篮盛着，篮口盖着一块大红布。另外，娘家还要送一只箩窝子（摇篮）。给婴儿洗澡时，澡盆里要放上花生（长生果）、兰桂花之类的吉祥物，边洗边念诵“长流水，水流长，聪明伶俐好儿郎”“先洗头，做王侯，后洗沟，做知州”等祝辞，以驱浊避邪。洗浴完毕，就可以给婴儿起小名。

命名　虽然姓名是代表称谓的一种符号，但民间普遍认为，名字与人的命运有很大关系，取什么名，由谁命名，都很讲究。滁州民间一般是在“三朝”给孩子取名，也有不拘时日，一般宜早不宜迟。由家长或其他上辈人为新生儿命名，名字有乳名和家名之分。乳名，也叫小名，是小孩出生后非正式的名字，如大宝、毛孩、狗蛋类，长大后不用，但在长辈口中有时还会沿用。家名，又称大名，长辈为孩子取名时，有的先从家族辈分上排行，按家族规定的字用来作第一个字，再另行添上第二个字。有的取名要排八字，视八字中五行（金、木、水、火、土）缺哪一行而定，如缺火就以火或有火字旁的字；缺金就以金或以金作偏旁的字为名字；如缺木时取有木作偏旁的字。还有的从前程事业上来考虑，如命名正文、正武等，以寄期望之情。

满月　婴儿出生满一个月，称为“满月”。旧俗十分重视“满月”。这一天要给婴儿剃胎毛，摆满月酒，叫“做满月”。酒席上要有满月面，寓意长长远远。亲友们受邀前来祝贺，并馈赠婴儿鞋帽、红包等礼物。主人则以酒席招待，并以“红鸡蛋”等物回赠亲友。娘家还要请女儿回家吃满月饭。如今，随着时代和观念的改变，回赠的鸡蛋很少有染红的了，多贴以心形的小喜字，或以真空包装的茶叶蛋替代。

百岁　婴儿出生满一百天，称为“百岁”，又称“百日”。这一天亲朋好友会赠送长命锁、项圈、手镯、脚镯等礼物来庆祝婴儿满百日之喜，往往还会顺带送一些青葱和芹菜，以示祝贺小孩将来聪（葱）明勤（芹）快。婴儿要戴上寓意长命富贵的“百岁锁”、手镯等。宴客酒席上必备有“百日面”、米糕，表示“长命百岁”“长高”之意。

明代画家袁源的《抓周图》

抓周　至婴儿满一周的生日，要为其“抓周”。届时亲戚会来送礼道贺。外婆、舅母、姑、姨要买衣服、鞋帽之类，为孩子举行穿衣服仪式。谚语说，“姑送褥，姨送袄，舅母送鞋满地跑”。旧时“抓周”时，先焚香、点烛，然后将文房四宝、钱、尺、秤斗、算盘、印章、稻谷、剪子、胭脂、骨牌、书画、水果等物品玩具全部放在一个大筛匾里，把小孩放在筛匾中间，任其自主抓取玩耍。再根据小孩抓玩的物品预测判断其将来的志向与前途。此俗在民国时期已渐次淡化，或者即使在形式上仍然进行，但是多为增加热闹的氛围。

上契　俗称“结契家”。自古已有，是人们“六亲”之一。在民俗与宗教上指没有血缘关系的人结为契亲、干亲、谊亲。也就是人们常谈的认干爹干妈，认干女儿、干儿子等。有些地方会将刚出生的宝宝结契给一些宗教神灵或信奉佛教的人等等。为人父母的若见儿女多病，身体虚弱，便给他们找个多子多福的契爷、契妈，认作干亲，俗称“上契”。结干亲的通常还有以下情形：不论富贵贫苦之家，因多产难养，恐年幼儿女夭折，故将儿女契给别人，希望儿女长大成人；有数代单传的老年人生了儿子后，契给子女成群之人，希藉别人福荫，使己子长大成人，娶妻后开枝散叶；因儿女大病，认为鬼邪所侵，将其契与神佛，以求保护平安。上契时除入庙祭祀外，并将儿女姓名八字，用一小红纸写上，贴于神像身上便作上契。还有两家感情特别好的，互相认干亲，作为亲戚终生往来。上契时一般都有简单的仪式，或邀请家族中的亲友，饮宴庆贺。亲友则贺以雕花镜屏之类，书写“结谊之喜”之类的吉祥语。契爷契妈要给干儿子（或干女儿）起名，挂上“长命索”（用红头绳穿上一串古铜钱），富贵人家也有赠金牌，刻上“长生保命”等字样。

寿庆习俗

年龄未及五十的生辰，一般称生日。生日有整生、散生之分。旧俗，人生十年为秩。故凡逢十的生日，如十岁、二十岁、六十岁、七十岁等，均视为整生。平时的生日谓之散生。儿童过散生，谓之“长尾巴”，但并不隆重，而十岁的生日为初秩，一般都很讲究。这天要把孩子的辫子剃去。亲朋好友以衣服鞋帽等礼物赠送孩子表示祝贺，家主设宴酬谢。孩子穿着父母专门准备的全新衣服鞋帽。此后，逢二十、三十、四十、五十岁时只做整生，小范围设宴款待亲友。在滁州民间，三十至五十岁人不做生日，并有“男不做三（三十岁生日），女不做四（四十岁生日）”等俗语流传。人过六十过生日谓之做寿，其中六十、七十、八十、九十等整生均为大寿，但有“做九不做十”之说，即逢十大寿均提前一年而不在正十那年做。五十岁称梅花寿，又称半百老人；六十岁称下寿，亦称花甲大寿；七十岁称中寿；八十岁称上寿；九十岁称耆寿；一百岁称期颐寿。

十岁生日　2006 年 5 月 13 日王道琼摄

做寿有简有繁，以其家庭经济状况及寿老身份而定，通常由女儿女婿为主操办。亲朋好友登门祝寿须带礼金、礼物。祝寿礼品以寿桃、寿包、寿面、新衣服为常见，必须有红寿烛、寿桃和长寿面。隆重的还有寿联、寿帐。旧时祝寿，要张灯结彩，布置寿堂，红烛高照。在正厅墙壁中间，悬挂巨幅寿字、寿轴，或百寿图、寿星图等。寿老坐于中堂，接受亲友、晚辈的祝贺和叩拜。寿帐多为红色，上写“福如东海，寿比南山”，字以金纸剪成。寿桃系面粉蒸制的桃形馍馍，下面配以两片绿叶。蒸好后，摆成宝塔形，以托盘端上。所送寿桃的数量，一般都要超过寿老的岁数。例如，做60岁大寿时，客人至少要送80个以上的寿桃。有的地方或人家嫌数量太多，便做成大寿桃，以一当十，一个重达四五斤。富有之家，有送金制寿屏的，即在一屏风上铸成一大“寿”字，屏的上端写有称谓、贺词，下端落款，实为最高礼份，一般人家是送不起的。也有的用大红信封装钱送礼的。有的不直接送钱，而是到布店购买礼券若干馈赠寿老的，礼券与钱通用。祝寿之日，大户人家多设宴排席，并请乐班吹拉弹唱，凡有祝寿客人登临，乐班均吹打一通。寿老的儿子闻声出门迎客。寿宴要先上茶点、鸡蛋、寿糕、寿桃等点心，然后是酒菜，最后必上长寿面，取“延绵长久”之意。新中国成立后，祝寿仪式简化，一般由晚辈赠送生日蛋糕、寿面或衣服鞋帽作为寿礼，也有送寿匾、寿联的，或拍“全家福”纪念照，直系亲属在家或在酒店为其设宴祝寿。

做寿为人生喜庆事，忌讳打碎家中器物，或发生吵嘴、打架。家有丧事或服孝在身者，不得上门为他人祝寿、做生。人家遇有丧事，亲朋中常常一人代表全家吊唁，而寿喜则是全家出动为一人祝寿，据说，其意在于讨寿、长命。

滁州文化丛书

CHUZHOU WENHUA CONGSHU

丧葬习俗

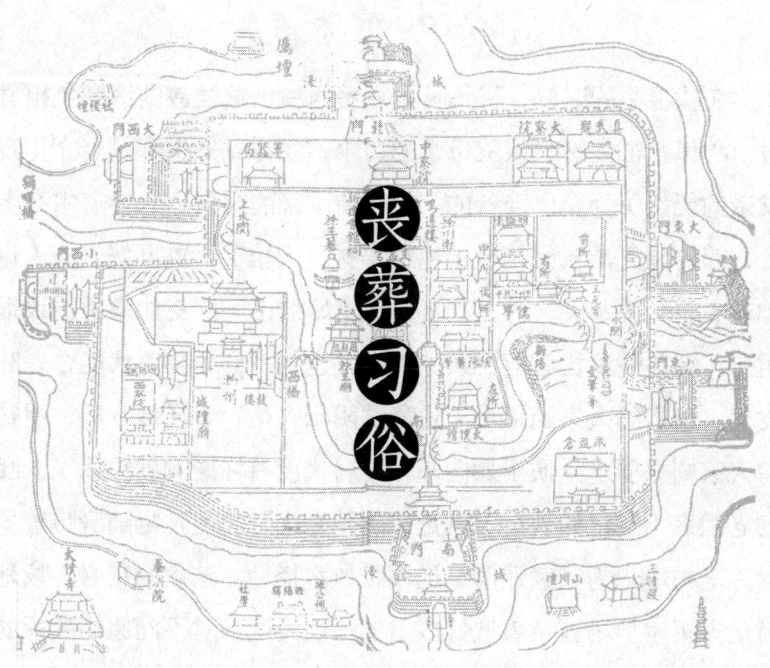

明代滁州城图

丧葬习俗

在我很小的时候，每每见到靠着西屋山墙摆放的深红色棺材时，心里都很发怵。从父母亲的口中，我得以知道那是老太（我父亲的奶奶）为自己准备的。祖上传下来的习俗，只要家中有老人，都要预先准备好棺材（也称寿材、大棺），置办好寿衣（也称老衣，分单、夹、棉三种），选定好坟山。这三件事中选坟很重要，既关系到亡者能否入土为安，也关系到子孙后代能否兴旺发达。富裕的人家请堪舆（也称“阴阳先生”）择地卜葬，而贫穷人家则只要求土质干燥向阳，对后代没有坏影响就可以了。我的老祖宗（父亲的外公）就是“阴阳先生”。他时常随身带着罗盘，走村串户为人家建房、选坟看风水择地。老太的棺材、坟地就是老祖宗早早就帮着选好放着的。在民间，对不同原因致死的说法也不一样。年纪大了在家病死的，称寿终正寝，也称走了、老了、去世、谢世、过背、老掉等。不是寿终正寝的，称为不得好死、睡长觉、见阎王等。没有成年就死的，称为夭折、早夭，说是与恶鬼作祟有关。如悬梁上吊而死的，称缢死，说是吊死鬼作祟；投水或落水淹死的，称溺死，说是落水鬼作祟。寿终正寝的人，才能葬入祖墓；自杀或他杀的人，死后只能葬入乱坟堆中。

从最初的见到棺材发怵，到后来经历了数次亲友的生离死别，如今的我已能坦然面对生死，也对丧葬习俗有了更多的了解。丧葬礼仪与孝道观念是中国传统思想文化的重要组成部分。西汉礼学家戴圣所编的《礼记》中就有多篇关于丧事的记述，“其送往也，望望然，汲汲然，如有追而弗及也。其反哭也，皇皇然，若有求而弗得也。故其送往也如慕，其反也如疑……亡矣，丧矣，不可复见矣！”《礼记·问丧》中的这段文字真实地再现了送殡者的复杂心情。孔子曰：“生，事之以礼；死，葬之以礼；祭之以礼”。荀子亦言：“厚其生而薄其死，是敬其有知而漫其无知也，是奸人之道”。在儒家几位代表人物的积极倡导下，两汉以后的历朝历代都奉行“慎终追远，民德归厚”“事亡如事存”的儒家孝道丧葬观，认为孝莫重于丧。这种观念代代传承，深深地植根于国人的血脉中。

送　终

老人临终前大都会有先兆，特别希望同后人见面，作最后的诀别。有的会事先写好遗嘱。有的要叮嘱后事，如事业的继承，财产的处理和怎么样为人处事等等。特别是家中有老人病危时，所有亲属，无论离家远近，都要努力赶回家来守在身边，为之“守夜”，临终为之“送老”。这种由儿女守着咽气并为其办理后事的过程，称为送终。

老人刚咽气时，要快速将其眼睛、嘴巴捏合上。俗传若睁着眼，就是没见到想见的亲人。嘴张着，就是生前想吃的东西没吃上。根据亡者性别由长子或长媳为老人擦脸、洗身、理发，并象征性地修剪指甲。然后趁尸体未冷时给亡者穿上寿衣、寿鞋，戴上寿帽。寿衣层数必须为奇数，三、五、七、九不等，实际上带有不让死者再带人走的意思，要一个人上路。穿衣时，贴身一件必须是白的，其余可为黑色或蓝色。整套服装不能有扣，要全部用带系，表示后“继”（系的谐音）有人，也就是带“子”的意思。死者的头上要带一顶挽边黑色，顶上缝一个用红布做成的疙瘩，用以驱邪，认为这样对子孙有利。嘴里放一枚铜钱，为“含口钱”，目的是让死者在去阴间的路上不乱开口，不与其他孤魂野鬼答腔，埋头走他的路。据说，如果死者在去往阴间的路途上多嘴，就会给家里招来恶鬼、带来灾难。

长辈去世后，凡晚辈都要穿上孝服。旧时，孝服根据晚辈与死者关系亲疏远近，有斩衰、齐衰、大功、小功、缌麻等五服之分。如今，孝服都用白色的粗棉布。死者的儿子媳妇及未嫁的女儿为重孝，儿子戴白帽，穿白袍、白鞋，媳妇、女儿顶白巾，穿白衣白鞋。孙子、孙女的孝帽头顶正中要缝一块小红布，以示辈份。其他亲属的孝服，多戴一孝帽即可，孝帽通常用一块 30 厘米左右的白布简单折叠缝制即可。同村来帮忙的男性或女性，通常为主家发话给什么就是什么，儿女腰间系的麻绳在睡觉时也不能脱掉。丧服一直到“五七”之后才能撕掉。民俗认为，为老人尽孝的帽子是吉祥物，可以“沾寿”，故有抢孝帽子风俗。亲友吊唁，孝子以哭泣相迎送，并为死者坐夜守灵。

待寿衣穿好后，即将亡者抬到正厅堂屋铺有稻草的门板上，名为“下地单”。将亡者头朝堂屋内墙，脚朝门外，垫草纸做枕头，盖上白被单，与铺草相连。在脸上覆盖黄表纸，称“蒙脸纸”；手中捏一块面粉做成的银元，意为下地狱打狗的“买路钱”；腰间系上白纱线，线数与亡者岁数相同，用绳将两脚绊在一起；胸口上摆一把剪子，严防猫狗猪等家畜接触死者尸体，据说亡者与家畜接触，即可变成害人的僵尸；在头前放一碗清水，称为“喝迷魂汤”；脚前摆一盏素油灯、一碗饭，上插三支筷子，这叫“长明灯”“倒头饭”。地铺前放一瓦盆，叫“老盆”，专门用于烧纸钱，以供亡灵打发各类小鬼纠缠，让黄泉之路畅通无阻。长辈去世后，就要烧落地纸钱，并放一小段鞭炮，俗称“断气炮”，为死者的灵魂开路，也是向同村近邻报丧。家人在祖宗牌位及左右门肩贴上火纸，并在大门处贴上白纸，记载死者姓名、年龄、生卒年、月、日以及生平简历与功绩。同时，要向亲友报丧，发讣文，请他们来处理后事，俗称“报丧”“把信”。旧时，如父母去世，儿子戴重孝，系麻纰，在亲房长辈的带领下，到外婆、外公、舅舅家跪拜报丧。

灵堂设在家中的中堂正厅，中堂后壁悬贴巨大的“奠”字。亡者牌子、照片放在供桌正中，墨布上书“显考或显妣 ×× 大人或孺人之神主”。有的还挂遗像，上披黑纱，黑纱上挂“音容宛在”的横幅。灵位左右摆“丧杖”“引魂幡”，悬挂至亲挽联。供桌围白布，两边放置白蜡烛、鸡、鱼、肉三牲以及果肴、冥器（纸扎的生活用具）等祭品，香炉内焚香，并在炉前供一碗倒头饭（夹生饭），碗上竖插三支筷子。两边各点燃一盏素油灯（即长明灯、引路灯），棺材下点“本命灯”，均日夜不熄。“老盆”边放草纸、拜垫，供守灵、吊唁、祭奠的人拜祭取烧。大门口贴“本宅治丧，恕报不周”，表示对一般亲友没有去报丧的歉意。

入棺之前要升棺、裹尸、移尸入棺。先由道士推算是否冲煞，以择定入殓时间。入殓前，先行奠酒仪式，至亲三跪九叩首。孝子请抬工（8个或16个）将死者寿材抬至堂屋当中，放置于两条大板凳上，叫“升棺”。棺材大头朝外，材内垫铺棉絮，褥上放七个“垫背钱”，俗称“铺金”。然后由亲人用孝巾托住尸体放入棺内，称为“裹尸”，并口喊“××别怕！”另用底线校正尸体位置，对正死者鼻尖与棺材上木工刻的中线，底线下垂一铜钱，作为死者的“呛口钱，又名“压口钱”。尸位要摆正，有偏向哪方只保佑哪方的习俗，因而子孙多的亡者尸体尤要摆正，以避免偏袒之嫌。用水给死者擦脸，称“开光”，并在死者头、脚下搁土包和石灰包（一岁一包），两侧放入死者生前心爱之物（金银首饰、烟具等）作殉葬品。还要将瓦盆中所烧纸币灰烬用纸包好，放入棺内。死者两手握银锭，脚穿老袜、老鞋，还用上穿一针的长线，从棺材脚牵到棺材头，叫“分针”。这通常是由专门从事“白事”的人来操办，亡者家属分站棺材两边，“亲视含殓”，然后围柩转三圈，在亲人哭泣中盖棺。棺材盖落实后，亡者亲属执香跟随道士绕棺。继由孝子弯腰驮棺材，叫“驮重”。道士手持斧头在棺材上敲三下，故有“棺材头顶三声响，方知自己是亡灵”之说。满室亲属扶棺大哭，哀悼死者的离别。

尸体停放在棺材内，称为“柩”。灵堂停柩待葬，叫“殡”，意为对待亡者如宾客。停丧期一般为三天或五、七天。旧时有长达一月，甚至更长时间的。在此期间，亡者亲属轮流守灵，亡者的儿子（尤其是长子），每天要接受亲友吊唁。在守丧期间不可洗澡、剪指甲。守灵期间的事务由丧家请来的支客师统一安排。有亲友前来吊唁，支客师要鸣炮告知孝子前往迎接。亲友一般都酌情送来“倒头纸”、挽联等奠礼。孝子要跪接致谢，叫作“接纸”，并赠孝巾，对至亲还送孝服。吊唁者即时戴上孝巾或穿上孝服，向灵位跪拜或鞠躬、上香烧纸，孝子则向吊唁者跪拜还礼，由亲友亲自扶起还礼才算完毕。媳妇、女儿跪侍棺侧号哭。守孝期间，儿女子孙除不得沾荤腥外，也不能洗脸。出殡那天棺材一出门，就要立即拆除灵堂里的所有祭吊的摆设，打扫干净，大致恢复原样。供案的正中留下安放神牌的位置，以待神牌（遗像）归来。出殡后，不再补行吊仪，否则认为还有人死。

出殡之前的夜晚要把死者生前的衣物在十字路口焚烧，也叫“烧件”“烧七斤半”，意为给死者上路带上包袱。烧件时，女儿还要携带七斤半草纸。焚烧前，先把草纸铺在地上，大约有床的面积那么大，然后在稻草上面铺上被褥，被褥上再把死者的衣帽鞋袜按照人体形状铺好，点火焚烧。众人一齐跪下哭泣祈祷。

出 殡

出殡，俗称“上山”。出殡时间，宜择单日和吉日。出殡前，要再次揭开棺盖，让亲友与死者永诀。最后用桐油、糯米饭和石灰涂在棺口沿边上，再徐徐盖棺。盖棺时，孝子孝媳手执油捻，绕棺一周。死者如是婆婆，封敛时，必须请其娘家亲属到场，才能最后盖棺。棺盖后即“磕钉”，钉用枣木或熟铁制成，钉上系红布条，先由死者长辈或娘家人砸入一根主钉。这时孝子孝孙要绕棺三圈，并向其致送磕钉礼（包括糕点、孝布等）。砸主钉之前，将钉在孝子头上轻轻擦一下，然后砸进棺盖口。其余三钉，由抬棺者一一砸入。柩头系红布条，以示吉利。开吊发引（出棺）时，先将棺材移大门外广场，用粗绳木杠捆扎，抬上棺材时，踢倒垫材的板凳，一声呐喊，抬起就走。棺起时把老盆摔破。长子持招魂幡，孝子持哭丧棒开道，次为抬有纸扎的童男童女和冥器，管乐和锣鼓乐队吹吹打打，僧人道士和神主紧接其后，亲人执绋扶柩。抬工们抬着覆有棺罩及木制龙头、凤尾、太平床、松圈等物的棺材，一步一步地慢慢前进。一路上有专人燃放鞭炮，撒冥币，也叫撒“买路钱”，意为给死者送盘缠。孝子孝孙遇有路祭者（家门前供公鸡、鲤鱼、猪头三牲），要随即下跪叩谢，“支客师”向路祭者回敬一包“路祭钱”。棺柩后面，孝媳孝女等亲眷乘小轿随行，一路哭泣。若是孝眷人少，还要雇人伴哭，以显示亡者子孙昌盛。一般女眷送至半路即返回。

快到墓地时，抬棺者会加快速度跑向目的地，称为“发龙”。下葬前通常选择吉时吉位开山动土，一般人家会选择凌晨五点动土，因为“五”有“无”的意思，以示对死者的哀悼。选好方位后，先由孝子挖三锄，钉两段木头于地，曰“金桩”，然后由帮忙的人开“金井”，“井”实际上是由帮忙的人用树枝在地上写的“井”字，在“井”内烧百子箕（即芝麻秸）、黄丝（稻草）暖土，叫“暖穴”。抬棺到墓地时，抬工要绕墓地三圈，才放下棺，叫“抢风水”。民间认为，死人睡在经过“暖穴”的墓里会温暖且舒适。芝麻秸和稻草一经点燃，会发出噼里啪啦的声响，越响越好，象征着日后子孙兴旺发达。火烧完后，由孝子把灰扫起来，待封墓时再撒

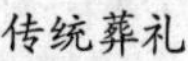
传统葬礼

在灵柩上面。在坑四周埋四根树柱，意为后代将广置田地，大发家财。棺材入坑后，由孝子抽“龙扛”（抬棺竖木）猛跑向远处，跑得越远越好，表示后代长远。死者家属及时散发“发龙糕”给抬工。长者铲土撒在棺上，随后鸣炮填土，用锹打紧外层，进行封土。烧掉冥器，唯留招魂幡、哭丧棒插在坟上，有的在坟上插上红、黄、白等不同颜色的丧棒，其中白色丧棒代表儿子一代，红色棒代表孙子一代，黄色棒代表重孙一代。棒数与子孙数相等。出殡结束后，送葬人返回死者家中时，进大门前要跨火而过，喝“回丧茶”、吃“回丧饭”，以图吉利。年过花甲者去世，吊丧人还可以带走少量碗盏，名为“偷寿”。

旧时，有找不到适当葬地，就暂厝至次年冬至再正式选地安葬。富裕人家为了找吉地、宝地，以至停厝多年不葬。还有的父死暂停厝，以候其母死，或母亡停厝以候其父死。死在外地，找不到尸骨的，家人则以衣冠冢安葬。即扎草人穿戴死者原来穿过的衣冠，写上死者的生卒年月，放入棺中，用公鸡血点主而葬。

守 孝

死者安葬后，家人送火（用草把扎成，一岁一把）上坟，连送三天，为死者“送灯”，其意是有了火光，“亡灵”回老家就可以看见路。第三天，要填土“圆坟”，谓之“复三”，也称“烧三天”。由阴阳先生掐算死者阻魂回家日期，家人在死者躺的地方铺地单，铺前铺一层草灰，门大开，家人守夜，等待死者灵魂回家。至鸡叫时，以地上痕迹卜卦吉凶，叫作“回煞”。富裕人家还要举行家祭仪式，请有名望的人为亡者题字立牌位，称“题主”，并请和尚道士来家念经，超度亡灵。也有“除灵”的，请纸扎匠扎灵屋烧给死者。死者家属守孝时间一般为七七、百日、周年。在亡后的49天里，每隔7天祭祀一次。“七七”是源于佛教影响，佛经谓人死此生彼之间，有“中阴身”，如童子形，寻求生缘，以七日为一期。若七日终，不得生缘，则更续七日，至第七七日终。逢七必上坟祭奠，称为“应七”。其中第“五七”烧灵，烧去供亡灵牌位的纸扎灵屋，第“六七”由出嫁的女儿、女婿祭奠，要为亡者供三牲礼，后来有人简化成“五七”。其余各“七”均由家人祭奠。逢百日、周年，家属须上坟祭奠。

当年每至节日，死者家属都要去坟上祭奠，以后则于清明节、十月朝去坟上祭扫。死者若为老人，儿女要戴孝三年。头一年穿白鞋，第二、三年穿灰鞋。三年服丧，是儒家的遗教，而逐步形成传统丧俗。三年内，未婚子女不能结婚，但在热孝期“七七”四十九天之内，可允许结婚。父母去世未满“七七”时不能理发，但在入棺前可理一次发。三年守孝期内，逢年过节，子女不能穿红着绿，要穿素色衣服。春节不能贴红对联，头年为黄色，次年为蓝色，第三年用绿色，到第四年方可复为红色。春联内容要切合守孝情思，如“守孝三年易满，思亲百世难忘”；“天下皆春色，吾门独素风”等等。

新丧礼

建国以后，在无神论思想的影响下，长期传承下来的丧俗已开始有所改变，出现新丧俗。城乡的丧葬习俗有变革，但发展趋势不平衡，城市变革得较快，农村仍然流行传统丧俗，不过丧俗礼仪已渐趋简化。

临终礼俗：病人去世后，家属给遗体盖上白布单，然后给死者换上衣服，送殡仪馆火化，或仍用棺木送墓地安葬。运送时，亲属痛哭，并放鞭炮，以志哀思。

报丧：一般是张贴或在报纸上刊登讣告，载明死者姓名籍贯、生卒年月、生平简历以及对社会贡献等等。农村则是口头通知有关亲属，并在家门口张贴白纸。

开追悼会、遗体告别：大都在死者遗体火化或安葬前，在殡仪馆举行纪念仪式。会场正中挂死者遗像，四周安放花圈，堂前悬挂挽联、挽词、挽幛。追悼会致悼词后，在哀乐声中向遗体默哀致礼告别，并绕场一周。参加追悼会的成员胸前佩戴白纸花或黑袖章。

丧服：一般是左袖戴黑袖章，有的还在黑袖章上用白线缝一个“孝”字，儿女辈在黑袖章上加缝圆形白布，孙子辈则在黑袖章上加缝小块圆形红布。

火化：遗体火化时，至亲家属都要送葬。火化后，火葬场工人将骨灰装入盒内，由家属领回，有的放家内，有的及时送墓地安葬，葬后立石碑一块。

奠仪、谢孝：一般公职人员的治丧费用由有关单位直接拨给。亲友致送花圈或奠仪，家属则回赠白毛巾及其它相应物品，如死者为寿高达耄耋年，则赠小花碗，谓之“偷寿碗”，以示祝愿亲友高寿。

守丧：死者安葬后，亲属在家内悬挂死者遗像，镜框上披黑纱，桌上设香炉、果盘等，以示长期的追念。子女仍穿白衣戴孝巾。“七七”期间，逢七日，家属到墓地祭奠，半年、周年也到墓地去拜祭。

安葬：城市 20 世纪 70 年代起一律火葬，农村到 20 世纪 90 年代基本上也普及了火葬，即便火葬，也会把骨灰盒放入棺材内再安葬。但仍有少数老年人因观念问题，去世前要求子女给予土葬。也有逝者会在生前遗嘱将骨灰撒入大海、河流或其他地方。农村一般仍送香纸礼金，也有扎送花圈和挽联的。家属则要招待素席，并回赠一定的礼物。城乡有花圈出售，殡仪馆有灵堂，放哀乐。

滁州文化丛书

CHUZHOU WENHUA CONGSHU

禁忌习俗

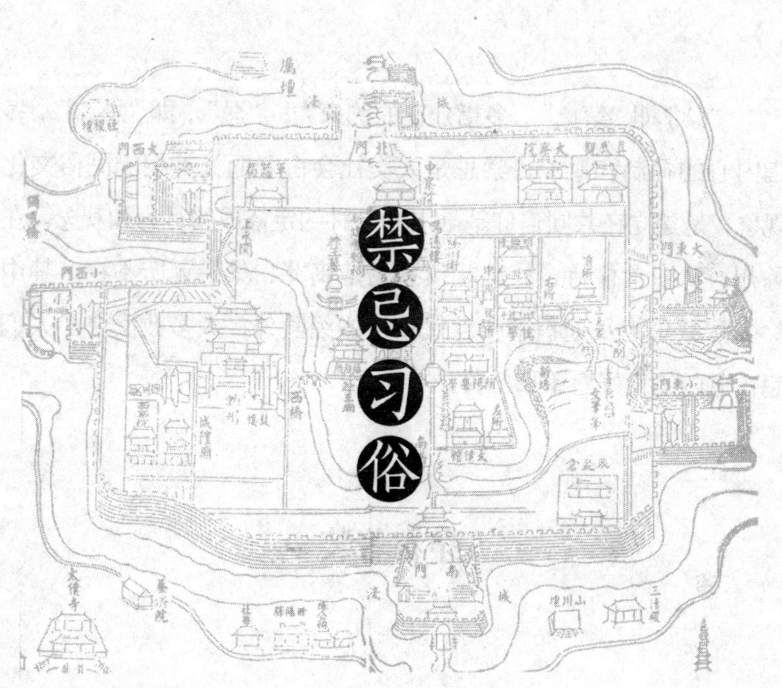

明代滁州城图

生活禁忌

“禁”即“禁止”，多指外在的约束力；“忌”，即“忌讳”，多指内心的抑制和避戒。禁忌是人类社会古老而又神秘的民俗文化现象，是建立在共同信仰基础上的一种约定俗成的行为和观念。在滁州，从衣食住行、社交礼仪到婚嫁丧葬，禁忌无所不在。其中除少数禁忌为长期积累和世代相传的经验外，大多数反映了人们趋吉避凶的良好愿望和希冀。

穿衣着装

生活中有许多关于穿衣着装的禁忌。如衣服破了需要立即缝补起来，且忌讳穿在身上缝补，否则不吉利。

女性穿衣忌讳短小，袖不露腕，衣长及股，裤脚或裙摆要遮住脚面，并有“男不露脐，女不露皮”之说，违者会被认为“伤风败俗”。忌讳女人穿男人衣服或男人穿女人衣服，违者被认为是混淆“两仪”的“人妖”。

结婚服饰禁忌也很多，如做嫁衣要选择好日子，由父母健在、儿女双全的妇女（俗称“全福人”）裁剪。忌寡妇、无子女的妇人等裁剪缝制。新娘的衣服忌有口袋，以免将娘家的财产以及福气带走。礼服要用一块整布料裁制，忌讳用两块布缝接，意味“从一而终”“不再婚”。嫁衣崇尚红色，忌讳白色。

忌讳戴绿头巾或绿帽子，因为绿头巾是旧时优伶等“贱业”者戴的，绿帽子则会被人笑话老婆与别人私通。

待客饮食

盛饭时忌讳从窗口递进食物，或在吃饭时把碗扣在饭桌上，据说那么做会得噎食病。

宴客席间主人始终陪坐，忌讳提前离席。吃饭时，忌讳将空碗空碟收走，忌讳席未散抹桌扫地，以为这是“赶客”举动。宴客时忌子女共餐，尤忌媳妇、女儿，否则以为待客不诚不敬。待客菜忌单数，而用双数，意为“好事成双”。家有来客，要主动给客人点烟，点烟时忌用一根火柴连点三支烟，递烟、酒、茶忌单手。

忌在饭前饭后用筷子敲碗，俗谚：“敲碗敲筷子，讨吃一辈子。”每双筷子应一般齐，不可一长一短。民间用筷更有八忌：吃饭时忌用舌头舔筷子；忌手握筷子在餐桌上乱游寻；忌不停顿地夹过一个菜接着又夹另一个菜；忌用粘着饭菜的筷子夹菜；忌讳将筷子插在饭菜上；忌当别人夹菜时，也同时跟过去夹另一个菜；忌用筷子从菜当中掏着吃；忌以筷子代牙签剔牙。这类禁忌有益于人们养成文明的饮食习惯，培养高雅有礼的品格，与现代精神文明建设的要求也大体一致。

古人认为，吃饭是件正事，忌心不在焉，思想不集中。忌讳吃饭时看镜子、边吃饭边干活，或边吃饭边玩耍，认为是对家神的不敬。吃饭时忌讳掉饭粒、掉米粒和剩碗根。俗有“作践谷物，必遭雷击”“小孩剩碗底，长大娶麻妻”“吃不光，好生疮”之说，故家长从小就要求孩子吃多少盛多少，要学会掌握自己的饭量。忌讳吃小孩碗里的剩饭，这叫“吃了福根”。

女婿第一次上门，一定不要满口大嚼，不要把碗底吃得干干净净，要“留碗底子”，表示还要再来。

忌讳用手掌平托碗底吃饭，因为乞丐才这样端碗。

六人吃饭，不可坐成“乌龟席”，即南北向各坐1人，东西向各坐2人，看上去就是一头一尾、四只腿，像个乌龟。

忌讳小孩吃鱼子，鱼子谐音“愚子”，小孩子吃了愚笨、不聪明。忌吃猫、狗、蛇、鼠，食者被认为是人品低下的人。忌分梨而食，因为“分梨”谐音“分离”。忌狗肉上正规的酒席。怀孕期间忌吃兔子肉等，否则生娃会是“豁嘴子”；也不许吃葡萄，怕胎儿长成葡萄胎。春节在包或蒸煮饺子的过程中，如不慎弄破了，要说“挣”了，忌说烂了、破了等不吉利的字眼。

年龄生理

俗话说“41岁属驴”，故在滁州忌讳说41岁。另有俗谚“七十三八十四，阎王不请自己去”，到这个年龄的老年人，忌说73岁、84岁，应少说或多说一岁。

小孩出麻疹，称“恭喜”“出喜”，须在门头上挂块红布，除了家人外，他人不得擅入。小孩受惊夜哭不止，父母则在黄表纸上书写“天皇皇，地皇皇，我家有个哭夜郎（闹夜郎）。过路君子念一念，一觉睡到大天亮”，贴于过路口。俗以为其魂魄受到某种神秘力量惊吓，遂作一纸咒书，借行人念诵之力降伏妖邪，可治愈夜哭之症。

旧时病人多喝汤药（中药），其药渣与病人接触过，以为其中已有病魔。将药渣倾倒在十字路口，过路者踩踏药渣时会带走病魔，病人即可康复。

择时行旅

忌讳在下午或晚上探望病人，因为病人阳气衰弱，最好是上午探视病人，可以把太阳的阳气带给病人，使其精神好起来，而晚上阴气重，俗以为会对病人更加不利。

忌讳太阳落山后扫地，以为这时扫地会把财神及其他善神扫出门外。

初一不嫁娶，初九不立房。正月不剃头；正月不搬家。俗有“杨公忌日月月有，就怕七月二十九”，故七月二十九日为“杨公忌”，是最不吉利的日子，诸事不宜，不能走亲戚、看朋友，否则会带来大祸大灾。不过现在没有多少人相信这些了。

人际交往

作客有八忌：一忌开门不进家，在门口探头探脑；二忌笑声不开朗，靠鼻子冷笑；三忌衣帽不整洁；四忌不尊老；五忌不爱小；六忌抢先动碗筷；七忌问人悲伤事；八忌走时不告别。

忌讳当着客人面扫地；把客人送出门后，关门不能过重。向客人敬茶或盛饭时，忌讳使用脏碗、旧碗或已有裂缝、缺口的碗，不准将手指放在碗口上。客人、老人、长辈就座时，来往要从后面经过，禁止从前面走过。衣着要整齐，不能敞胸露怀。忌讳挑空桶和端着垃圾与客人、长辈迎面，认为这是不吉利和对客人不尊重的行为。客人要主动向主人打招呼，否则，为不礼貌，轻视主人。

写信忌用红笔，如用红笔则意味着绝交。交往中馈赠礼品多用双数，忌讳送人手巾，俗语有“送巾，断根”，因丧俗中有以送手巾给吊唁者，以示与死者“断绝”往来。忌以时钟送人，因为“送钟”谐音“送终”。如果不知道送了，则送礼者可以索要1元钱化解不吉利。忌以刀剪赠人，据说会引起分离。

邻居互借水桶，送还时，不可挑着两只空桶进门，而是一只桶用手拎着，另一只桶用扁担钩钩着，寓意人家人丁兴旺。

家庭不慎失火，灾后三日停灶，不动烟火，吃喝由邻居供给，俗信火星未退，不宜动火。

用完别人的药罐，不能主动送还，应待主人用时自取，更忌把煎过的药渣倒在别人家门口，这些都有把病灾送给别人家的意思。

放风筝尽量让风筝落在空旷的野外，不能落在人家房顶上。如果风筝断线飘远就不要再找回了，别人也不会拾取，因为放风筝的本义乃是“消灾祛病放晦气”的。如果没法控制而落到人家房上或院里，一定要去登门道歉。

忌讳人家养的猪没看好，跑进自己家中，俗信“猪来穷、狗来富，猫来开当铺，小猪头上顶白布（会死人）”。若遇上这类情况，养猪人家要赔礼道歉，放鞭炮驱邪，才能将猪领回。

忌医生、药店及棺材店中对病人、顾客说“欢迎下次光临”之类的话语。

忌用手指指人面，俗以当面用手指人为不敬，更以用中指指人为亵渎对方（中指隐喻男根）。

看望病人或向长辈拜年，不能下午或晚上。妇女生过孩子，没有烧过满月香，忌讳到别人家去。忌手提药包或香烛的人串门，说这些人有鬼跟在身后，会把鬼带进门来。

居家禁忌

居 住

住房屋门忌直面正南，忌直对烟囱、窗洞、门和十字路口，若遇此情况，则用一玻璃镜子嵌在门头上或窗户上，以反照避之，免除不吉。住庙前，不住庙后；住庙左，不住庙右。

忌讳家前屋后种香蕉，因为香蕉无籽，谐音“无子“，兆无后。忌讳“出门见丧”，故有“前不栽桑，后不栽柳，院中不栽‘鬼拍手’之说。后不栽柳，说法不一。一说送殡多用柳树做“哀杖”“招魂幡”，易让人想到丧事不吉；另一说是柳树不结籽，主“留不住子（即后代）”，故庭后忌种柳树，以免绝后。“鬼拍手”是指杨树，多植于墓地，风一刮，树叶迎风作响，听起来像是“鬼拍手”。院内栽杨树，恐招来鬼魅。院中也忌栽桃树。忌讳门前种竹，俗信竹子开花兆灾荒，俗谚“竹子开花，人要搬家”。

忌讳在别人家发生性行为，俗谚“宁让死人躺，不容人成双”。忌讳做床的木料用槐树和楝树，因为“槐”字，“木”边有“鬼”不吉。“楝”字谐音为“殓”，“殓入木”不吉。

忌踩门槛，民间相传门槛是户主的脖子，踩门槛则户主噎脖。又以为门槛是家神凭依之处，故忌坐、踏、站在上边，尤忌用刀砍，否则家中会招灾民或破财。

卧房忌讳床头露空，即两头均不靠墙，无所凭借，俗信凶多吉少。忌讳常关屋门，唯恐“关门绝户”。

忌女人的衣裤晾晒在扁担上；女人的衣服忌晒在男性衣服的上风，也忌挂在室外过夜，忌讳将下衣晒于人们穿行的高处。对男人挑着物品刚放下的扁担，忌跨脚过去；忌从男性的衣服、帽子上跨过，男人从女人晾晒的衣裤下走过亦不吉。忌女人夜梳头，照镜子。

忌讳扫地扫到门口时继续朝外扫，以免把“财气”扫出门。

节 日

春节期间，春联一般都用红纸写，但当年家中如有丧事，则改用黄纸，次年用蓝纸，第三年用绿纸，到第四年才复用红纸，以此寄托对亲人的哀思。

若有上门卖财神画像或送柴（财神）来，如不想买，忌说“不要”，只能说“已经有了”。

忌讳小孩子说不吉利的话，有的人家用小红纸条写上“童言无忌”贴在墙壁上，有的人家用草纸在小孩嘴上擦几下，表示说错了话如同放屁，不算数。

年饭要多做一些，要有剩余，说是这样可以“年年有余”。吃饭时不能说“够了、不够”，而要讲“多了、再添”；锅碗里的饭菜要留一点底，表示“吃着余着”。初一、初二、初三忌煮生食，而要吃剩食，意思表示吃不了喝不尽。忌讳用汤泡饭，意为“泡汤”不吉。

忌“嘴臭”，即不能说“死”“病”“祸”“杀”“哭”“鬼”等等词语，若是偶尔不慎说了，要赶紧用吉利话相冲。忌讳打碎器物，如果不慎打碎了，要赶紧说“越打越发”或者“岁岁（碎碎）平安”等等。

包饺子时忌说“馅少”“漏了”“破了”，要说“富富有余”“完好无损”，包完了忌说“包完了”，要说“留着再包吧”。

对上门乞讨者忌说“没有”，要准备一些零钱，并笑脸打发走。

年初一，各家争早起，忌拜年于床前。若受拜者卧床未起，则为大不吉利，预示年内将有病灾。

禁用刀、杖、斧、剪之类，以避免“破”“凶”等事发生。否则，认为不吉利，会有口舌或凶杀等祸事发生。

忌洒水、扫地、倒垃圾，谓之“聚财”。水、土为“财气”，垃圾、粪便为“肥水”，洒扫、倾倒垃圾，恐把“财气”扫走、倒掉，致使“肥水”外流。忌洗衣裳、吃药打针、动土出粪。忌借钱或讨债。忌争吵、谩骂、哭泣怄气、污言秽语。

中秋节是合家团圆的日子，这天忌说“分离”二字，因而切瓜时不能说“瓜分”，也不能分着吃梨，因为“梨”与“离”谐音。“男不拜月，女不祭灶”，就是男子在中秋拜月仪式上不得担任主拜，必须待女子拜完后方可行礼；而女子不得参与祭灶活动，回避内室。

婚嫁

婚期前要由“全福人”将喜被订好备用。婚期择日不能是双方父母的生日、忌日，如果不知道碰上了，媳妇进门后，婆婆要外出躲避 1 个月，避免“相冲，相克，相犯”。

新娘上轿前要蒙上红盖头，不能被人看清楚面目。新娘上轿时忌踏土地，缘于怕沾走了娘家的灰土，带走了娘家的福气。

娶亲的各个环节，都必须要鞭炮相随。娶亲队伍离开娘家时，忌讳与娘家人说再见。忌新娘嫁衣有口袋，会带走娘家的钱财。忌新娘在婚礼仪式上踩踏新房门槛。新娘上、下轿必须有人陪伴，且最好是“全福人”。

忌两家花轿途中相遇，“喜冲喜”。若不幸巧遇了，可以由两个新娘互换头上的花簪，这叫“换花”，双方大吉。忌接新娘的仪仗途中遇到送丧的行列，叫作“凶冲喜”，若巧遇了，新娘方面要主动避让，并由喜事方主事人主动地烧纸发送。而丧事方主事人则要拱手道谢。

寡妇再嫁，不能直接从家里坐花轿，而是要徒步行走一段，然后丢下一件衣服在路上，这样前夫的灵魂就不会跟随而去了。

婚礼仪式上忌寡妇和服丧的人在场，忌讳有人上门要债、闹事。

花烛之夜，新娘忌入厨房取水沐浴，须由女童代为取水。新郎上床时忌将自己的鞋放在可能被新娘踩到的地方，上衣也要放在新娘的衣服之上，否则据说新郎会一辈子怕老婆。

新婚夫妇回门当日不可在娘家过夜。新婚第一个月忌空床。嫁出去的女儿，不允许在娘家生孩子。

丧　葬

忌讳死在正月初一至正月十七日内，俗称死于“大年下”。忌讳死在腊月里、“五黄六月”，据说死在这期间的人是良心坏了，做了缺德事。

忌病人于晚饭后断气。俗信在清晨用早饭之前断气最佳，说是替子孙留下了三顿饭，也称“留三顿”，意思是将来后代人一日三餐都有饭吃。若在晚饭后断气，则预示死者将一日三餐全带走了，后代人将有断炊的厄运发生，是很不吉利的事情。

忌死前无亲人相伴。忌光着身子走，提前准备好单数件寿衣，忌讳使用缎子或皮具等材质做成的服饰。忌寿材为柳木，因为柳木华而不实，寓意不好。寿材做好后，不宜随便移动，并放在干燥处，否则对本人不利，会使本人来世多病多灾。

报丧时不可直接进房告诉丧葬举行的日期，必须在室外行礼。凡死在自家以外者，忌将尸体运回，办丧事一般在村边，以防对村民不利。家有丧事忌闻猫叫，忌猫进灵堂，相传猫接触了尸体会“炸尸”。

发丧出殡时，灵柩禁止在中途落地，认为“丧落地，三年不利”。更禁忌在送葬途中受阻不前，俗信是死者还要等人做伴，送葬人员中会有人死亡。遇此情况，送葬人员回家后要从火上跳过，以避免鬼魂缠绕。出殡之后，忌将抬棺的杠子、绳子等物拿回自家，不然是“丧回原家”，家中还要死人。

有新丧的人家，3 年春节忌放炮，怕“崩开墓门”。忌讳带孝到别人家去，尤其是逢年过节，孝子忌到别人家去。守孝之时，忌着鲜艳华丽的衣服，守孝之人不可过度饮酒行乐，女性不可浓妆艳抹，男性一个月之内不能理发。

禁止在祖坟周围随便动土，否则触犯神灵，犯了凶煞，家庭内部会出现灾祸。

征兆禁忌

过去，由于迷信心理的驱使，人们把一些意外或非常的现象，均认为含有预兆，也叫征兆、兆头，预示着某种未知的喜事或灾祸即将发生。有些征兆，至今还在民间流传。

有人突然打喷嚏，便认为是谁在念叨自己。有人感觉耳朵发烧，或连续打几个喷嚏，便认为是有人在背后骂自己、议论自己，或者是在远处念叨自己。

喜鹊在自家房上叫，表示要来客人，或有喜事临门；乌鸦叫，有晦气降临。听见猫头鹰在附近叫，预示村里要死老人、有灾祸发生。

梦见棺材，是要发财；梦见已故亲人，则有灾祸；梦见掉牙，家里将有至亲去世；梦见小男孩，认为有小人扰乱；梦见小女孩，则有贵人相助；梦见蛇，可能会得到钱（蛇是钱串子的象征）；梦见流水、大雨等，出门有好运。

老式煤油灯　2014年5月24日王道琼摄

左眼跳

财，右眼跳灾。意思是如果左眼跳，就可能要有财运；右眼跳，可能要与人吵嘴打架，出现意外事故等。

过去晚上点灯使用煤油或青油灯（青油即食油，在灯碗中添上油，旁边压上一根用棉线捻成的灯芯，点燃即可照明），如灯芯结下灯花，即认为有喜事临门。

突然感到心慌意乱，烦躁不安，或者在做针线活时扎破了手指，洗碗时打碎了碗等等，则认为家里亲人在外遭遇不测。年龄逢明“七”暗“九”为不吉之年，特别是对“暗九”特别警惕。所谓“暗九”，即年龄为“九”的倍数。而在这“暗九”中，最重要的是三十六岁和四十五岁，被认为是人生的两大门槛，为了平安过关，人们身上大都要佩戴避邪物。家中有人年龄逢暗九或明九，不能栽韭菜。

民谚曰：“男跌晴，女跌阴，老婆跌倒下连阴（雨）”，意思是下雨天，男的滑倒了，预示天要转晴，女的滑倒了，天晴不了，要是老太太滑倒了，就要下连阴雨。正月打雷伢生灾，于儿童不利。

忌讳鸡飞上屋顶，公鸡在上半夜打鸣，则不吉，兆示可能发生火灾。忌讳母鸡司晨，俗谚“母鸡叫，灾祸到”，不吉，必须把鸡杀掉以禳祸消灾。

称黄鼠狼为“黄大仙”，不能轻易捕捉。家养驴骡，如果常在柱上蹭痒，是不吉的兆头，最好把它卖掉或杀掉。家养黑狗不可轻易打死，俗信黑狗可以驱鬼，但是狗爬墙头是异兆，要将其打死。

滁州文化丛书

CHUZHOU WENHUA CONGSHU

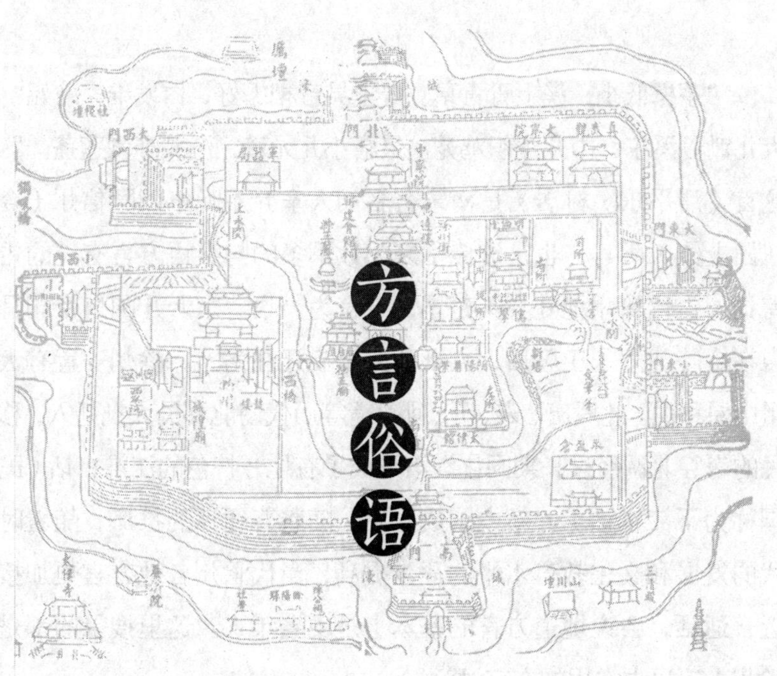

方言俗语

明代滁州城图

方言词汇

“茅檐低小，溪上青青草。醉里吴音相媚好，白发谁家翁媪？大儿锄豆溪东，中儿正织鸡笼。最喜小儿无赖，溪头卧剥莲蓬。”这首《清平乐·村居》是南宋著名词人辛弃疾晚年归隐信州（今江西上饶）所写，也是流传下来为数不多的与吴语方言有关的古诗词。古代滁州地处吴头楚尾，方言为吴语。东晋开国皇帝司马睿在金陵建立了王朝后，大批北方士族迁往南方，滁州安置有大量中原移民。此后唐、宋、元、明、清等历代南北移民大批迁入，移民的南腔北调经过长期同化渐渐形成了有地方特色的江淮官话（民国称为下江官话）。新中国成立后，随着普通话的推广，随着时代的发展和文化教育水平的逐步提高，当代滁州各地方言更加接近普通话，会说地道方言的基本上是中老年人。这里搜录的都是滁州人口语中常用的方言词汇。

自然、时空类

黑夜头：没有月亮、星星的夜晚。

出绛（jiang）：现彩虹。

月亮粑粑：月亮。

拉屎星：流星。

扫把星：彗星；通常用来骂人运气不好，连带别人也倒霉。

火烧天、烧霞：五彩云霞。

冷子、雹子：冰雹。

催屁股风：顺风。

麻风雨、雾笼雨、雾喇子：毛毛雨，细雨。

淋锥：冰锥。

雷暴阵：雷阵雨。

日头：太阳。

天狗吃日头：日蚀。

山畈：山坡。

景致：风景。

盐粒子：小冰粒子。

好天、爽晴天：晴天

满中：正午。

麻出亮、麻花亮：黎明，清晨天刚刚发白的时候。

古来：从前，原来。

高头：上头，上面，上级，~的精神要领会。

多嚐子、多晚子：什么时候，又“好嚐子”。

这嚐子：这会儿。

那（lèi）嚐子：那时候。

早先：从前。

将才：刚才。

早晚：迟早。

早上、早清子：清晨

一早新：一大早。

中上：中午。

挨晚子、下半晚子：傍晚。

天里：白天。

夜里：夜间。

今（明、后）个：今（明、后）天。

大后个：大后天。

昨个：昨天

前（qié）个：前天。

上前（qié）个：大前天

上天：前天或前几天。

往天：以前。

上年：去年。

上上年：前年。

哪邦个：哪一边、哪边。

哪块、哪开：哪里、哪儿、什么地方。你家住～？

这邦个：这边。

那邦个：那边。

那山：那会儿，从前。

那块：那里、那儿。

那杠子：那样、那个样子。

那回：上次、以前。

一下：一会儿。

植物、动物类

绿茵苔：青苔。

常阳花：葵花。

大麻籽：蓖麻。

大芦棒子：玉米棒子。

大秫秫：玉米。

小秫秫：高粱。

秫秸：高粱秆。

地蛋、地豆子：马铃薯。

蕃瓜、北瓜、方瓜：南瓜。

苗花（huò）：棉花。

豁菜：菠菜。

蔌菜：青菜。

牛心菜：甘兰。

白瓜：笋瓜。

稴子：米中的稗子。

毛栗子：板栗。

大椒、胡椒：辣椒。

手指甲（盖）花：凤仙花。

荸荠：荸荠。

桑树果子：桑椹。

牛大菌：蘑菇。

壳老猪：百来斤重的猪。

臊猪、骚猪：种公猪。

老妈猪：种母猪。

牙猪、豘猪：雄性猪。

糙子猪：半大的猪。

消猪：阉猪。

水羊：母羊。

臊羯子：公羊。

羊羔子：小羊。

牯子：公水牛。

犍子：黄公牛。

牸子：黄母牛。

飘牸：不生崽的母牛。

踏子：又叫水沙、母水牛。

捶牛：骟牛。

叫驴：公驴。

草驴：母驴。

臊马：公马。

骒马：母马。

马骒：马生的骒。

草狗、狼母（m é）狗：母狗。

牙狗：公狗。

骟鸡：阉鸡。

咪咪：猫。

郎猫：公猫。

臊狗子、尖嘴大仙：狐狸。

夜猫子：猫头鹰。

沙和尚：灰喜鹊。

红亮虫子、火亮虫：萤火虫。

灶鸡子、灶马子：蟑螂。

蝎虎子、四脚蛇：壁虎。

土龟蛇：土斑蛇。

鳑花：鳜鱼。

青鱼：鳖。

黄狼子：黄鼠狼。

乌嘴子：黄鼠狼的一种。

豁嘴子：兔子。

猫猴子、猫狼子：狼。

老雕、赖鹰：老鹰。

老鸹：乌鸦。

乌拢：螺蛳。

罗汉：蜗牛。

曹鱼：鲫鱼。

长虫：蛇。

麻虾：虾。

癞田鸡：青蛙。

歪歪、河漂：河蚌。

蛐蛐：蟋蟀。

蛐蟮：蚯蚓。

乌头鱼：黑鱼。

鲢鱼胡子：鲢鱼。

癞头猴子、癞头鼓子：蟾蜍。

知了、叽溜子：蝉

刀螂：螳螂

扁嘴王：鸭子。

蛤蟆糊都子：蝌蚪。

水头猫子："水鬼"（水獭）。

壁蝠：蝙蝠，又说"檐老鼠"。

龙鱼：鲤鱼的又称。

推屎壳螂：蜣螂。

麦牛子：米麦中生的象鼻虫。

虼蚤：跳蚤。

星星：蜻蜓。

瓜瓜蛐子、嘎嘎子：蝈蝈。

蚂蚱：蚱蜢。

叶蝶子：蝴蝶。

臭鳖子：臭虫，亦形容人性格不合群。

洋辣子：刺蛾，刺毛虫。

物品、用具类

汗子、汗褟子：背心、汗衫。

领衣子、马夹子、夹顿子：棉背心。

小褂裤：衬衣、衬裤的总称。

裤头子：内裤、裤衩。

老蛮布：家织白布。

白洋布：机织白布。

布拉子：碎布条儿。

家家布：家织土布。

隔巴子：鞋骨子。

包网子：旧时妇女包在发髻外的网子。

头绳子：女孩用来扎头发的毛线绳。

手捏子、手巾头子：手帕、手绢。

刮地板子：木拖鞋。

围腰子：围裙。

荷包：衣服口袋。

油果子：油条。

二抹头：稠稀饭。

干饭：大米饭。

缸贴：烧饼。

耳巴挺：高粱面粑粑。

猫耳饺子：馄饨。

水糊子：将小麦带水磨，连麦皮一起煮成糊叫~。

血盃子：畜类的血。

门欠子：门槛。

墙拐子：墙角、角落。

烟笼、烟筒：烟囱。

锅井、锅上、锅屋：厨房

车轱辘子：车轮。

吸铁石：磁石。

风笼子、风风子：风筝。

挑（tiāo）子、小汤勺：调羹。

瓶 zhe 子：瓶塞。

条把：扫帚。

茅房、茅厕、茅厕缸：厕所。

鞋趿子：拖鞋。

六匹子：六马力的手扶拖拉机。

四轮：十二马力以下的四轮拖拉机。

肉膘子：猪的肥肉。

荤油：猪油、动物油。

洋烟：纸烟。

攮饭：气话，吃饭。

三屋两头房：民间居室基本格式，三间屋两间厢房。

房脊：房顶。

方子、寿器：棺材。

耳扒子：挖耳勺。

青皮：咸鸭蛋。

萝卜缨子：萝卜（含辣萝卜、胡萝卜）的叶子。

白菜帮子：白菜外层叶片。

香油：麻油。

飞跳：家禽翅膀和爪子的卤制品。

扛皮：没有饭吃，没有烟抽，没有酒喝。

海碗：大号瓷碗。

针鼻子：针眼。

恶（wù）索、恶（wù）造、脏：垃圾。

糙皮：橡皮。

信壳子：信封。

吃烟：吸烟。

热水壶：保温瓶、暖瓶

洋钉：铁钉。

洋镐：铁镐。

洋灰：水泥。

洗脸手巾：毛巾。

板档：板凳。

花凳子：高腿方形凳。

骨排凳子：方凳。

戳簸子、畚斗子：畚箕。

耒子：类似耧的播种工具。

戳子：印章。

尺杆子：尺。

喇叭：唢呐。

锅铲子：炒菜铲。

切菜板子：砧板。

红案：酒馆手艺。

白案：糕饼手艺。

撑杆子：伞。

箬箸：小的，高粱杪做的。

耩子：播种麦子的农具。

耒子：稻子去壳的工具。

板：扬谷用的木。

推样：用来翻晒谷子的农具。

闸样：推谷成堆的农具。

东洋车：黄包车。

小火轮：轮船。

汽艇子：汽船。

小划子：小船。

钢精、钢盅：铝制品。

麻古锡：锡。

钱角（gē）子：硬币。

秋油、抽油：酱油。

歪（wǎi）子：篮子。

烧儿：筲箕。

决子：指东西的残渣。

刺花：烟火。

搌布：抹布。

针箍子：顶针。

包心：馅。

弹绳：粗的麻绳。

廊檐台子：走廊下面的台阶。

浇子：小水桶。

暖席：草编席子。

脚踏车：自行车。

乌都水：未开的温水。

脚子水：潲水。

盈汤：多出来的米汤。

挂笼子：扫墓时，插在坟上的剪纸。

紧身子：青年妇女为了使乳房不突出而穿的紧身内衣。

炝虾子：将活虾用酱油、醋、酒等浸着吃；又喻肌瘦的人。

炮子子：枪子儿，遭~，咒骂之词。

瓜头子：未成熟的甜瓜是苦的，比喻挨批评，责骂，你吃~了。

粑粑、死面粑粑、死面疙瘩：面食。

油撇子：燃食油或煤油的简易照明灯。

称谓、人品类

爹爹：祖父、爷爷。

老外、外老爷：外祖父。

外外、婆婆、姥姥：外祖母。

大爷：父亲或大伯父。

爹、大爹：父亲。

老爹、老叔、老爷（yé）：小叔叔、小叔父。

娘：母亲。

大伯：伯父。

大娘、大妈：伯母。

舅嬷：舅母。

姨娘：姨母。

娘娘：姑妈。

那口子：夫妻指称。

老马子：夫称妻子。

马马子：老婆、妻子。

老嫫嫫：老太婆。

妇道人：妇女。

奶妮们：老婆，妇女。

佬伲们：丈夫，男人。

老憨子、老汉子：最后生的男孩。

老巴子：最后生的女孩。

老疙瘩：最后生的子女。

老姑娘：指未婚的中老年女子。

带老马子、要老马子：男的娶妻、结婚。

给老婆家：女的出嫁。

倒占门：男嫁入女家，入赘。

新郎官：新郎。

新娘子：新娘。

半边人：寡妇。

寡汉条子：单身汉。

孤佬：情夫，俗称相好的。

老的们：成年男子。

掌锅的：厨师。

先生：教师、医生。

双胞子：双生。

待招：旧称理发师。

驼锣锅子：驼背。

诮叽鬼子、小头猫子：刻薄小气的人。

马马嘴：不长胡子的男人。

发毛：发火、发脾气。

臭而厌：令人讨厌、反感，又称“厌”。

实鼻子：不识相，不通窍。

差把火：有点呆傻。

半个脸：爱翻脸的人。

二里糊通：缺心眼儿；鲁莽冒失。

捣实槌子：说话诚实，说实话。

老油子：老滑头。

愣头青：呆头呆脑，鲁莽冒失。

流流头：二流子。

牛黄：固执任性的人。

脓包：没有出息，没本事的人。

青皮糙子：无赖。

尿精：不懂情理，品德低下的人。

死眼皮子：喻指没有眼色，不明智的人。

有种：胆大、不怕死。

杂毛：脾气很坏。

家败头：败家子，办不出好事的人。

雀叽鬼子：爱说下流污秽话的人。

老背子：人贩子。

小炮子：长得好的男青年。

骚德子：比喻穿衣邋遢、很不注意形象的人。

猫子：指视力不太好的人。

懒屎包：好吃懒做的人。

摸壁鬼：比喻夜晚好到处玩耍的人。

解（gǎ）怀：妇女生第一个孩子，谓之~。

齁巴子：戏称哮喘病患者。

缸头花子、叫花子：乞丐。

气鼓瓜：好生气的人。

穷大龙：指贫雇农，穷困的人。

虚神：遇事不冷静，好虚张夸大的人。

侠（小牙）子：小孩子。

下人：下辈人；佣人。

香胖子：对撒娇献媚、逗人喜爱的人，亲昵地称为~。

周正人：正派人。

捅鼓子：脾气执拗，好生闷气的人。

孱头：不通人情事故，好得罪人的人。

拨弄子：不讲理的人。

败家销：败家子。

转精：东游西逛，一事无成的人；又喻事情难办。

甩子、甩蛋：泛指近乎呆傻笨拙，妄自尊大，爱吹、不讲道理，患得患失，无作为的人。

甩货：没有本事，不中用的人。

甩种：不懂人情世故、不动脑子的人。

绕子：痴呆的人；一般指不识时务、不懂人情事故的人。别把我当~。

邪骨头：作风不正，不怕羞耻，胡搅蛮缠的人，也说成邪货，邪神。

二小：为了讨好，甘愿为别人做事的人。做人家的~。

二哼了：天生无男性特征的人。

二红砖子：横冲直撞，胆大妄为，好制造事端，做事不用脑子的人。

窝里鸡：自己圈子里的人。

龙蛋、宝子：泛指备受长辈喜爱的男孩。

公鸡头：男孩。

老猪败：对人谑称（指中老年人）。

老家败：老不正经的人。

老黄瓜：为人世故、心眼多，好占人便宜（多指中老年人）。

拗种、蒲种：冒失，鲁莽，傻干、蛮干的人。

焦头鸡：很自私，难以与人相处。

硬头黪子：性情倔强，做事不计后果的人。

斜撇子：不干正经事的人。

流尸鬼：无正当职业、好逸恶劳、终日在外鬼混的人。

怂（sóng）包、烂怂：软弱无用的人。

啬鸡头、手抠、小头猫：小气、吝啬、斤斤计较的人。

蒿子：容易被人利用的人或是在赌博中技艺比较差的人。

楞种：做事不计后果的人

孬种：骂胆小怕事的人。

大萝卜：比喻愚笨常吃亏的人。

攮饭蒲包：只会吃喝、不会做事的人，与“饭桶”同义。

大好佬、好佬：厉害的人；某方面的好手；胆大、敢于闹事、不好对付的人。

娃子：孩子。

毛娃子、小毛头：婴儿。

厌蛋：过于顽皮，使人讨厌的孩子。

邪尸：蛮横不讲理的人（多指不听话的小孩）。

抠（kōu）鬼：吝啬的人。

猴子：调皮捣蛋的人。

木头：指人行为呆板，不善动脑筋。

雷堆、日不雷堆：愚蠢，做事拖拉笨拙，效率低下。

洋蛋：脾气执拗，不善与人共事。

毛灰、杂毛（mào）：脾气暴躁。

身子重：泛指懒惰的人。

点子低：屡屡干些倒霉和不顺心的事。

鬼屌：指人既风趣幽默，又神气，也指做事邪门。

夹石、夹石呆乖、活弄头、呆儿不乖：说话做事不注意分寸，尽干些傻事、不靠谱的事；孬子。

歹怪：脾气坏，个性强。

烧包：爱在他人面前过分炫耀自己。

得盛（shèng）：得意忘形，使人反感。

自咕：性格偏执，不讲理（多指女孩子）。

债：要强，泼辣，多指女孩爱使小性子、不讲理。

缺不鬼子：爱说污言秽语的人。

眯马：办事拖拉、敷衍，效率低。

老闷（mēn）：话少，性格内向，不善与人沟通

葡陶：言语颠三倒四，使人厌烦。

癫狂（kuāng）：自高自大得意忘形的样子。

僵怪：做事呆板，行为怪僻。

咯唧头：指难以对付的人。

一嘴的嘴：指一惯要嘴皮。

赖蛋：要赖皮的意思。

伤蛋：指人不幸或可怜，充满同情的意味。

少一窍：指思维简单，缺少心计（贬人的话）。

现世：指人无能，丢人现眼。

一屁三谎：说的全是假话。

无屌味：不够意思；没有面子；无聊

磨牙：小孩吵嘴。

胖不伦墩的：指人又矮又胖。

老滋老味的：倚老卖老，好在人前摆谱（一般指有资历的中老年人）

没屁眼、扒屁眼：骂人缺德。此人心术不正，尽干～的事。

犯了跑马星：坐不稳，终日在外胡乱溜达。

腻歪人：使人感到厌恶，别扭。

热粘皮：为得到好处，假装亲热，钉住别人不放。又说“死皮赖”。

嚼舌头根子：无中生有，乱说一气。

日不溜蛋、日不溜烟：编织谎言，哄骗他人。

眼皮子浅：看到别人比自己好，心存嫉妒。

鬼鬼唧即：神头鬼脸，故弄玄虚，喻指为人不忠厚，不诚实。

神经兮兮的：喻指人精神恍惚，言谈举止不正常。

缺德冒狼烟：骂人语，形容人很不讲道德。

尖头八拉西：滑头。

七屁八磨：形容很会说谎，骗人。

踢里捣通、咕哩捣冬：比喻东西翻得东倒西歪，乱七八糟。

牛皮哄哄：喻指人吹牛、说大话成瘾，让人感到不实在。

能格格的：很能干的样子（多指青少年女子或儿童）。

烟筒（囱）猴：指平时神气活现，善于表现自己，一旦需要到特定的环境办正经事时，却不敢出面的人。

半吊子：说话、做事不够得体、有始无终的人。

二百五：说话、做事不讲分寸，不顾人情道德的人。

六叶子：指说话、做事不分对象，不讲情理和心狠手重的人。

柴头：比喻性情执拗不爱与人搭腔的人。

讨喜宝子：讨人喜欢的人。

搅屎棍子：指搬弄是非，到处搅合，好事搅成坏事的人。

酒桶子：能喝酒的人。

促寿：幽默、刁钻、点子多，使人上当或受辱，别人斥其~，这家伙~。

时得很：被求助者装腔作势，有意拿捏，人们斥其~。

四爪白：猫的别称，借指接触面很广的人，俗说：四爪白，家家熟。

随嘴该：信口开河，随便乱说。

水水歪歪：讲话做事不干脆、不利落。这种人做事~的。

脓糟：形容人没能力。

皮条：油条，不讲信用。

诮驳：缺德。

跩（ zhuǎi）：自以为了不起，看不起别人，盛气凌人。如：你~的什么臭架子！

跩老味、跩牌子：摆老资格。

搭僵：难办、难讲话。

辣臊：阴险、狠毒。

韶叨：啰嗦，话多，谝能。

拨弄：头脑不清。

结巴撩舌：言语不清。

不上路：不走正路，很难教育。

腌臜人：令人讨厌、作呕。

屌能抬：人虽聪明，但自以为是，讨人厌。

弄送：待人不礼貌。

够讲：够朋友。

横叉竖舞：赞扬一个人叱咤风云，或贬义指一个人猖狂不可一世，也指一个人的睡姿不雅。

呱话篓子：比喻爱唠叨，爱说闲话的人。

搅神：胡搅蛮缠的人。

拿桥：有技术，有本事，不愿帮助人。

下品：贪婪自私、品格低下。

搁脾气：性情古怪，态度执拗。

出：爱显本事，露一手或撒娇，献媚，这个人～得很。

发物头子：比喻好惹是生非的人。

腻歪人：使人感到厌恶、别扭。

撩骚：本义指男女间的调情行为，引申为惹是生非，制造事端。

老菜货：比喻物是劣等的，人是低下无能的。

屌毛灰：办事马马虎虎，极不负责任。

自恃：与别人不合群。不与别人来往，也不让别人碰一下自己的东西。

能不够：极其爱表现，爱出风头。

桑（sàng）、来司：赞叹别人特有本领、真好、真行。例如：这个人的工作~!

来劲：赞扬人厉害，能干，事情办得痛快。

碜巴巴的：下贱、贪婪。

胜象：得意忘形，使人反感。

扭头扭脑：脾气倔犟，不听劝阻。

真奸：很坏、老奸巨猾。

真神：夸赞人机灵、会办事。

不抬嗨：不学好，不争气，没有出息。

癫狂：不可一世的样子，看你这个~相！

土牛木马：比喻人不通情理。

赖污龙：无赖汉、无用的人、做事拆烂污。

甩大料：说话、办事不按常理的人。

促狭佬，促刮佬：人很刁，有坏主意的人。

四仰八叉：睡觉手脚叉开，睡得舒展随意，无所顾忌。

屎痞瘷子：流氓无赖。

小兵拉子：跟在人后面的不起眼的小人物。

龟孙子：骂语，乌龟王八的子孙。

马坯：形容女孩子性格泼辣，动作大大咧咧。

人体、生理类

额老头子：额头。

颈子、老颈巴子：脖子，颈脖。

妈头子、奶子：乳房。

脊梁股子：脊梁。

手膀子：胳膊

下巴骨子、下巴壳子：下巴。

肩膀头子：肩头。

胳肢窝、胳肋肢：腋窝。

心口窝：心窝。

耳巴子：巴掌。

手头子：手指头。

嘴巴子：嘴。

牙花子：牙龈。

眼眨毛：睫毛。

鼻窟窿：鼻孔。

鼻梁骨子：鼻梁。

耳圈：耳环。

磕头子、磕膝头子：膑骨，膝盖。

脚（jué）巴子：脚。

手指盖子：手指甲。

脚趾盖子：脚趾甲。

冻了：受凉。

打嚏喷、打鸭气：打喷嚏。

发僵寒：出冷。

疙渣子：疮痂。

二道毛子：短发。

浓鼻子：鼻涕。

葫芦头：光头。

沙鼻子：好流鼻血。

吐沫星子：唾沫、唾液。

疤拉：疤。

打喝闪：打呵欠。

打寒颤：打寒战。

打脾寒、打摆子、发殭寒：发疟疾。

咳嗓：咳嗽。

哕（yuě）：呕吐。

拉稀：泻肚。

不调和、不好过、有讲究、不如事：生病、身体不舒服。

打干哕（yuě）：要吐而难以吐出。

干嚎：有声无泪的大哭。

屙屎：解大便。

撒尿：解小便

上茅厕（ci）：解大小便。

黄痨病：肝炎。

干血痨：贫血。

嗝食病、咽食病：食道癌。

蛇箍疮：带状疱疹。

大不舌头：口齿不清。

疤拉（lē）眼子：眼皮上有伤疤的眼睛。

揪（jiù）筋、抽筋：痉挛

歇歇：体息。

到苏州：睡着了。

冲盹：打瞌睡。

拉呼、扯呼：打呼噜。

不聚肚：拉肚子。

拱脓：疮化脓。

装狗、打岔：喻指小孩生病。

上火：发烧。

栗栗抖：直打哆嗦。

养孩子、养伢子：生孩子。

害娃子：妇女妊娠时反应。

搁生：即将分娩。

五脏庙：比喻人的消化系统，有几个钱都修~了。

描述、形容类

尖、抠油：小气、自私、吝啬。

唖啰：啰嗦。

讹人：仗势欺人。

胀人：令人厌恶、作呕。

惯道孩子：娇惯孩子。

红不啦叽：不十分红，红得令人讨厌。

乌洞洞：黑暗。

扁巴巴：扁扁的。

洼：凹，~进去。

空涝涝：空空的。

推板：差劲，动作快，走得~。

扒灰倒篓：挑拨离间。

稀朗朗：不够浓，不够密。

稠糊糊、稠得得：很浓。稀饭熬得~的。

匀溜滑：不稠不稀。

干生生：干爽。

白沙沙：缺少必要色泽，红烧肉不放酱油，~的不好看也不好吃。

齐扎扎：很整齐。

皮：调皮、顽皮。

皮脸：厚脸皮。

下（hā）：差、次，~牌子，~货。

烈：能干、干得带劲。

活跳：灵活。

停当：赞女子能干。

格式：整齐、美观。

丁香：女人长得好看，意如小巧玲珑，又“丁丁香香”。

得味：好玩，有趣。

称经：多指好的衣着、长相协调匀称。

调和、伸坦：舒服、舒坦。

脓歪：软弱无能，即脓包。

俏皮：过份打扮。

姿势：女人长得漂亮。

太馁：胆小、怕羞。

小意：谦虚。

咪咪流流：很满。

刷流：动作敏捷、麻利。

大憨皮：慢性子。

呆而不休：发呆、发愣。

差把火：有点呆傻。

眼招子亮：处事明智，手段高明。

死眼子：没眼色、不明智。

牛黄：骂人任性固执。

捣实槌子：说实话。

眼里有水：头脑清楚，处事灵活。

戳包：弄出纰漏了。

扭手：事情难办了。

黄掉了：事情中途而废。

呛着干：对着干。

有门道：有办法。

不买账：不予理睬。

褒单：埋怨，有批评之意。

兑掉：抵销，~账。

讹错：差错。

磨牙：小孩吵嘴。

壮面子：借他人的名势，增加自己的光彩。

家败：事情办糟了。

斜擗擗：歪斜状。

黑乎乎：黑浑不清状。

潮乎乎：潮湿状。

瓤：软，面~了；弱，身子~。

乱哄哄：声音嘈杂。

清虚虚、清阵阵：水清。

浑道道：水不清。

愊：动作快，他走得~，我跟不上他。

残耗：好惹事生非。

推班：差。

讨巧：占便宜。

仔势：实在。

四称：长相匀称，端正。

愣：呆傻。

勤利：勤快。

麻溜：利落。

悭：极其吝啬、过份小气。

皮脸：顽皮，又说皮，玩耍。

一滴滴：很少、很小，又说小嘎嘎。

傲：骄傲。

可怜巴巴：可怜相。

合嘴：合意，中意。

没拉瓜：雨下得大。

墩实：青年身体矮壮。

悚场：见不得大场面。

懊怨：抱怨。

钻挤：善于投机，办事有效率。

牢肯：牢固、稳当。

不主贵：不自重，做出丢人现世的事来。

酸茵茵：菜的酸味。

肉、肉头、悠达悠达的：行动迟缓、特慢。

怪好：比较好，挺好。

对把子：合得来。

现世：丢人现眼。

鼓掉了：太多了。

雾掉了：乱透了，乱套了。有时也用于对某一事物的夸奖、赞叹。

洋眼了：批评语，不再满足现状，滋生了新的奢望。

狗撵盛：批评语。批评那些别人越谦让，他反而越张狂的人。

乌迷照眼：不干净、不美观。

喝喝撒撒：行为不稳重。

失失豁豁：做事不稳重。

咋咋呼呼：嗓门高，声音大，沉不住气。

三不成道：不稳重，行为不遵常理。

日日咕咕：窝窝囊囊，做事拿不起放不下。

别别唧唧：做事躲躲闪闪、遮遮掩掩，不大气。

愋（xuān）头愋脑：冒失、傻气，性情急躁、听风即雨的样子。

跩（zhuǎi）手跩脚：做事手脚不麻利。

乌乌嘎嘎："捂捂盖盖"的变音语，指私下交易。

趋趋履履：步履轻，声音小，形迹诡秘。

少条没道：说话、做事缺少条理，没有方法（没有门道）。

假马六离：虚情假意，心口不一。

拉妖作怪：故作忸怩，假推辞。

太渊了：太土气了，过时了（一般指穿戴）。

丑八怪：长得很难看。

一时一出子：一会儿这样，一会儿那样，使人无所适从。

缺景：（贬）把自己当个宝贝，自尊自贵。

尖头巴叽：滑头、应该干的而不愿意多干。

嘴不怂：比喻只动嘴而不动手，而且废话连篇，惹人烦。

顺汤顺水：顺利。

不成常：不学正道。

活少有、少有失家教：指人干事不像话。

轻狂：娇气

意歪：某某事物令人恶心

日厌：惹人讨厌；调皮捣蛋。

色当：比喻人穿衣寒酸，打扮不入时或者吝啬。

秀眯：漂亮，特指小巧玲珑

枵（xiāo）：薄，厚度小。例：这个纸太削了。

老是：经常，常常。

一毫、毫毫：一点点。

多大（长、宽）的：很大（长、宽）。

点格大：很小。

多壮的：很粗大。

一丁格、一点格：很少。

老高的：很高。

厚墩墩：厚实、壮实。

细溜溜：很细。

稀溜溜：较稀。

空落（lào）落：空旷得很或空虚得很。这大院 ~~ 的，一个人影也没有了。

满披披、披披的：很满。小李喝了 ~ 的一大杯酒。

竖戗戗地：直竖起来，喻指人笔直地站立着。

踢亮：很亮。小明的皮鞋被擦得 ~ 的。

崩干的、干崩崩的：很干。

湿叽叽、水叽叽、潮叽叽、叽潮：很潮湿。他刚上岸，身上 ~ 的。

俏格格：指打扮得很漂亮，很时尚。

嫩歪歪：阅历浅、不成熟。

脆嘣嘣、脆生生：形容很脆。

嫩呵呵（huōhuō）：很嫩。这孩子小脸 ~ 的，很可爱；这节藕~的，肯定好吃。

格格铮铮：衣着很整齐。

条条道道：摆设整齐，有条理；也指处理事情很有条理。

清亮亮的、碧清的：形容水很清澈。

通浑通浑的：水很浑浊。

飞快的：形容刀很锋利。

刷快：形容动作快捷。这件事他办得很~。

缺：奇怪，与众不同。怎么这么~，这事到他手里怎么就那么好办呢？

瘟臭的：很臭。

瘟馊（腥）的：馊（腥）味很浓。

咸不拉叽的：很咸。

白不拉叽的：味很淡。

灰不噜粗、灰不出溜：灰色，灰暗，含贬义。

毛毛拉拉：工艺粗糙。

黑不溜秋：黑乎乎。

滑不溜儿：滑。

酸不拉儿：酸。

木（白）不滋歪：菜没有味道。

瘦虾虾的、瘦叽叽的：很瘦。

打手：形容物品拿在手中感觉分量较重。

虾：瘦弱，无能。他~成那样，准干不成事。

傻里呱叽的：傻里傻气的样子

神唧唧的：神气、乐观，聪明能干。

实砣砣的：很实在，很沉重。

饱饱绽绽的：多指小孩子长得结实健康。

二五唧当：吊儿郎当，没有正形，不上不下。

离（lì）滋离歪：相互之间若即若离，显得很不融洽。

噗噗囔囔：指东西摆设得相当凌乱。

拉呱、拉里拉呱：形容很不整洁。

屁淡精松：根松、没兴趣，提不起精神。

毛估带猜：粗略地估算和猜测。

闹害：厉害、泼辣。

水掉了：指不成器、学坏了。这孩子~，没指望了。

歪毫：稍微的意思。

亏得：幸亏。

横竖：反正。

丁格深、浅撇撇：形容水很浅。

笔直的：很直。

硬邦邦：很硬。

软乎乎：很软。

啯赞：漂亮。

咪酒：慢慢喝酒。

眯一觉：睡一会儿。

三七讲二八听：可听可不听。

多大的：很大。

不作兴：不应该。

咋呼：装腔作势，乱碱乱叫。

放锥子：放高利贷。

破嘴话：不吉利的话。

胀气：令人生气。

尻了、砸蛋：弄坏了，糟了，事情不妙，闯祸、出乱子或事情不好办。

承情、蒙情：谢谢。

和嗤：算了。

火团子：招惹是非。

村（chēng）巴巴的：贪吃。

糟：脏。

糙糙：磨磨。

一兑：抵销。

不顶龙：缺乏应有的知识和基本才能。

讲不信：不听话。

不过意：过意不去。

三条筋：身体瘦弱。

日杠杠的：形容走路迅速的样子。

傻了呱唧：傻。

十拿：有绝对把握，有信心。

腿子：有两个意思，一是指情妇；另一是指打牌的伙伴。

搭煎人：指小孩子折磨大人，一会要这，一会要那。有时也指大人颠三倒四，让人感到厌烦。

下三：下流无耻，不要脸。

下三样子：低三下四的样子。

点子低：净遇到倒霉的事。

冤大头：头脑简单，在经济上和做某些事情上受到别人的摆弄。

齐卓卓：很齐。

神气六谷：神气得很。

爽撇：性情直爽，办事干净利落。

十大把：险些儿，也称“悬搭子”。

辱噘：讥讽，嘲弄：我～他，他还不知道。

殴抠：不直爽，又说殴里不抠。

透活：很鲜，活蹦乱跳。

雪甜：鲜甜、很甜，又说傻甜。

桀纣：不顺手，不顺利。

有巴头：有盼头。

一大把：很多，有～事情要做。来了～人。

一汪水：许多东西色调一致，相差不大，使人看了有鲜明舒适之感。

一块堆：一起、一块，我们是～来的，把草放～。

一憋气：不停顿，一口气的，～喝了一瓶啤酒。～把事情办好了。

一捞抄：不论大小，不分孬好，～都买下来。又说一股邋遢。

味水：派头、架势。

醋心：胃里冒酸水。

嘈心剐辣：胃里不舒服。

作飨：实惠，请我吃饭，有什么～。

轧生：夹生。

刺闹：身上感觉七七戳戳的不舒服。

洼污：不干净。

将巴巴：刚好，恰好，~的，再讹错一点就不够了。

拢拢：将就，凑合，今天不买菜了，~。

老苍：长得老相。

反调：反正、横竖，~这个事是要办的。

局气：运气，碰碰~。

落把：穷困，潦倒。

大头脑：比喻主要的或关键性的问题。

歹怪：厉害；狠；出乎意料。

刁脚子：比喻人很圆滑。

屌蛋精光：一无所有。

框为：能力达不到，我不敢做~的事。

吼相：吃东西时狼吞虎咽的贪婪相。

黄面子：丢了脸面。

憨皮：不顾脸面，他是个~。

大砰捆：用语言、神态首先把对方镇住。

大头马：办事粗心。

木人：蒙骗，糊弄人。

木骨：形容人做事不动脑子。

过过：等一段时间；在亲友家小住。

过身：安生，这个事闹得他也不得~。

含糊：彼此有隔阂、矛盾、关系不融洽，他们有~，不是一天的了。

惑住机：一时想不起来，一时糊涂。

夹棍气：身居中间，两头责怪。

小来西：问题不大，数目不多。

小小不紧：无关大局，不大要紧的；~的就算了。

木住了：梦魇；受人蒙骗，也说被人~。

方得很：形容人很难讲话，不好相处。

不瓤、不瓤经：本领大，他的本领~；数量多：这回他花的钱~；质地好：这台彩电真~。

拨拨弄弄的：没有主见，反复无常。

鄙人：瞧不起人，羞辱人。

没得血性：没有骨气，缺少志气。

犯古怪：一反常态，对什么都不满意。

犯了跑马心：坐不住，终日在外溜达。

放黑烟风：背后说发狠的话，他又在背后~了。

歹唻：形容东西特别多。

歹怪样子：怪僻，看你那个~。

剃光头：一无所获，参加比赛什么名次和成绩也没得到。

泥里外里：反正，~都一样。

老敞：经常的意思，头一回可以该，~这样就不行了。

灾报：罪有应得。

碜牙：本为饭食中有砂石，让人难食，比喻说话不中听。

死皮赖脸：厚颜无耻。

死蛇挂树：比喻办事拖拉，无法继续下去。

瘆像：形象可怕，不堪入目。

咋呼：大惊小怪。

找不到号头：比喻不知道事情的来龙去脉。

真洋活：故意搅闹。

得为：特地。

吹牛腿：吹牛。

敞头：经常、老是，与“老敞”同义。

吃香：吃得开，人或物受欢迎。

出纰漏：出问题了，事情办坏了。

烧得难受：爱表现自己的人，总是极力设法炫耀自己。

少窍头：缺心眼儿。

山势真不瓤：派头大。

上底火：在领导者面前说别人的坏话，甚至是无中生有的陷害。

上眼皮子下眼皮子：比喻长与晚辈。

伸手牌子：不愿出代价向别人索取。

神头鬼脸：指青少年做出的滑稽相。

神气骨碌：非常神气。

述迂述迂的：啰里啰嗦的。

肉头户：吃了亏也不作声的富裕人家。

脅白溜烟：撒谎、骗人。

僵怪：形容人怪僻、不随和。

将将的、恰恰的：正好、恰巧。

讲经：对事对物总爱挑剔。

积作：骂语，骂人怎么生的。

夹整：简直，活活的，~把我急死了。

结壮：强壮。

稀大呼：几乎，差一点，我~把命丢掉了。

像真三一样：“真三”是真的意思，像真的一样，其实并非真的。带贬义。

干吊：死缠住别人想得到好处

根由底卯：讲清事情的前前后后，以及原因、结果。

咯唧头：极其难以对付的人。“唧”在这里不读n声母。

精道人：哄骗人。

嗨奘：特别粗大。

嗨：非常、特别，~胖，~高，~长。

回出娘家来：说出事情的根源来

憨呆：呆头呆脑，过于老实。

寒毛丝丝的：发冷，肉里出冷。

魂三倒四：比喻心不在焉。

耳心：记性，这孩子没得~，刚讲过就忘记。

讹格：出现误差。又说“讹错”“讹”

恶嫌：可恶、讨嫌。

疑疑攘攘的：犹豫不决的。

悠你两脑混：在你头上打两巴掌。

一嘴一嘴的：指人会耍嘴皮子。

一点也不讹格：一点也不错。

五大三粗：形容人高大魁梧

恶心烦躁：心绪不安宁、烦躁极了。

老卵：自以为了不得。

把滑：走潮湿地方防跌倒。

穷相：讥讽落魄者为穷相

气鼓牢骚：形容很生气的样子。

坑塘洼畈：凹凸不平，坑坑洼洼。

狗狗的：一点点。

基都不基：一声不响。

杭杭叫：声势不小。

响雷打头：指干坏事会遭报应。

摇七活啷：形容两物体的結合处不结实，容易晃荡。

麻里木竹：麻木。

不则声，不则气：一声不吭。

冲家了：比喻事情糟糕到了不可收拾的地步。

赤脚大巴天：光着脚走路。

精光大泥鳅：光着身子，像泥鳅一样光滑。

屁股大拉巴：光着屁股，身上一丝不挂。

蛮：指不讲理。这个人多蛮呀！

不得了生：不得了的意思。

滴滴刮刮：指做事拖泥带水，不利索。

枵（xiāo）嘴薄唇：比喻説話刻薄。

耳聋八岔：因年纪大了听力退化而误对方意思。

清汤寡水：指汤或粥等水份较多，较稀，不粘稠。

碍事绊脚：碍手碍脚。

筋爆爆：怒气冲冲的样子。

没得根：做事情没有先后、没有头尾。

懈怠（ha ìd ǜi）：做事拖拉，慢性子。

焐燥：闷热，身体不舒服。

胎气：讲江湖义气，够朋友。

咋呼：装腔作势。

溜骚：灵活。

脏污：乱来，不上规矩。

二五郎当：随随便便，贬人不识轻重。

哼里哼吞：没有性子，做事拖拖拉拉。

勚（yì）得了：器物磨损，失去楞角、锋芒。

砸瓜：事情没办成，反而办坏了，相当于普通话的“砸锅”。

望亮：目的未达到，愿望落了空。事办得怎么样？~了。

蜡烛：不知趣，这人~，尽做~事。

夯里夯气的：做用力过猛事。

揸手落脚：表示做事不利索，手忙脚乱的。

火冒冒的：形容怒气特别大，火冒三丈。

动作、行为类

送祝米：女儿生孩子，娘家送贺礼。

送奶糖：女儿生孩子，12 天娘家送贺礼。

扳：扔、甩、丢。

拱：钻，~洞。

摞：堆垒，把碗菜~起来。

扭：拧，扭洗脸手巾。

对：借火种，~火、~烟。

引：燃起，~炉子。

撅（quě）断：折断。

撑得慌：胀得很。

摆坏：瞎弄、乱摆弄。

跲：跨，~过去。

汏（zǎi）衣裳：漂洗衣裳。

瞅：斜着眼。

瞟：粗略地看。

睃：大略而短暂地看。

噍：嚼，慢慢~。

搊（chōu）：向上托，~他爬树。

不鲁：拨、扒、翻、拨动。

薅：拔，~草。

躁：踩，~住尾巴。

排：跺。

戽水：泼水。

掸水：洒一点水。

打悠千：打秋千。

疼嘴、香嘴：亲吻。

嚼空：说谎，造谣。

对倒人：坑人。

捣鬼：暗害人。

拉聒、聒淡、聒聒、叨经：谈谈心，闲扯，闲聊。

买账：理睬。

吆喝：大声喊，~人开会。

逗猴：取乐于人，拿人逗乐，开玩笑。

吹牛屄：吹牛。

拍马屁、喝大蛋、蛋谱：拍马。

打平伙：合伙凑钱吃一顿。

捶狗皮：主人下帖，要客人出钱请客。

输（rù）：赌钱~了好几十块。

会哈：会吹牛。

脚面支锅：不做长期打算，说不干就不干。

擗戏：浪费，乱花钱。

垒墙：砌墙。

搁：放，~在桌上。

撩：随便放。

拾掇：整理；修理。

挥堆：欠的账不再算了。

嚼牙茬骨：挑拨是非，又说嚼舌头根子。

摽到底：纠缠到底。

噇：吃饱了还硬吃。

焦坷：胡搅蛮缠，为人尖刻。

叫叽：说话诙谐。

胜脸：调皮。

谝脸：自夸、显耀。

摆坏：瞎摆弄。

噘仗：噘架、吵嘴。

兑（duì）掉：抵销。

捣立拉：吵嘴，打架、闹纠纷。

赖到手：用不良计谋把别人的东西搞到手。

泣哽：抽泣，哽咽。

煽脸：打耳光。

淘闲气：受不相干的气，找气生。

通一通：挪一下。

旋脸：孩子过份嬉闹。

装面子：增加虚伪光彩。

熊人、操人：训斥人、批评人。

谝能过：自夸，逞能。

剋（kēi）饭：吃饭。

叨菜就：（用筷子）“夹菜吃”。

侃空：说假话。

纂（zuǎn）人：忽悠人，捉弄人。

噘（jué）人：骂人。

耖（chào）话：没有话找话讲，主动搭讪。

对把意：故意。

下湖：到地里干活。

苦钱：挣钱。

冇（mǒo）掉了：遗漏了，丢掉了。

剪头：女子理发。

掌掌眼：请别人参谋参谋。这件衣服怎样，请给我~。

"包饺子"：互相埋怨。

撇乎：超出自己经济条件，胡乱消费。

改常：改变过去的常态，不走正道。

蹭脸上：给脸不要脸，不知好歹。你不要~了。

配色：瞎侃，尤指谈男女关系方面的事。

糊得：哄骗，欺瞒。

发胡：犯混的意思。

得江：捣蛋，刁难，难缠。

打浪：清理（可以是物品或人）。把桌子~干净。

敲（kōo）：欺骗。

各色：干什么。你考我~！

撇：说某种语言很生硬。各能不要~普通话了。

迟：用刀划开，如迟鱼。

过：①火~了。②繁殖，老母猪~了。

掀：特指把东西倒掉。

赞：特指两个较硬的物体碰撞到一起；特指容器里的液体溅了出来。

赞杯：指敬酒时杯子碰撞。

痴：动词，这里特指在东西上滑行。

糊（糊得）：欺骗或磨差事。

和（huō）：指为了自己的利益牺牲自己的尊严去对别人逢迎

拍马。

潲（shao）：全椒话念 sao，指雨水钻空进入，渗入。

饮（yìn）牛水：拉牛去喝水。

把牛尿：拉牛出屋洒尿。

打牛汪：拉牛下塘洗澡。

烤秧田：晒秧田。

牵着过来：驱使牛向左转。

撇着过来：驱使牛向右转。

沟呕：驱使牛往沟里走、不爬墒。

褪灰：把灶堂里灰扒走。

造（cào）蛋：捣蛋、捣乱。

过嘴：不负责任地传话或批评议论。

惹眼：引人注目。

嚼蛆、嚼舌、嚼舌头根子：背后说人坏话。

咬好彄（kōu）：事先串通好，使口径统一。

歪死缠：拼命纠缠。

戳瘪脚、抵相眼：当众使绊子，使人难看，下不了台。

滴溜：提、拎。

槌、夯：揍人。我～他一顿就老实了。

轴紧：拧紧。把螺丝～了。

杠、地杠：走路。他～家了。

斗（dòu）火、对火：点火。

码：有序堆放。把这些砖头帮我～好了。

踏：踩。他把东西～坏了。

钻（zuǎn）：讽刺、挖若。这人不仗义，经常～人。

胀气：让人生气、懊恼。

罢罢的、罢意、得意：特意的，故意。我～这样说。

觉呼：感觉

疼：爱。这孩子真招人～。

噎（yē）熊：算了，自认倒霉。

蘑菇：做事太慢。

该着：欠着。这些钱你先～，暂时不要还我。

打马虎眼：用虚假言行蒙混过去。

挨熊：受训斥。

玩鬼：弄虚作假。这件事别去干，防止他～。

朗：栽、蹿。他一头～到水里了。

攮（lǎng）：匕首或短刀；另一说，刺人，戳人。他有一把小～子；他把人～伤了。

否（pī）人：用刻薄、侮辱性的言语贬低瞧不起的人。

杵人：让人当面下不了台。

嘘：批评、责备。他被老师～了一顿。

糊道人：糊弄人。

鬼吊嘘：装作很痛苦的样子。

日（rī）摆：玩弄。什么东西到他手里，很快就～坏了。

不吃劲：不在乎，看不起某人。

杀：切割，一般指切西瓜。

歪：躺下休息一会。

秋：烟熏的意思。

捞不到：指没有时间。

作（zè）死：找死。

豁（huǒ）掉：扔掉，泼洒掉。“把垃圾～”。也指水漫出来。单说“豁”也行。

呼：睡觉；也指用巴掌打。～他几巴掌。

老b达登、老bb的：是老资格，老练。

黑b飒飒的：疯疯傻傻的，瞎咋呼，胡乱吹。

不揉（rāu）你：不理睬你，不和你打交道。揉，也指打人。

忘失（轻声）得了：忘记。

迫（pǎi）：用脚踹。

掏：用拳头击打。

呜：用棍子猛打。

刷：用鞭子猛抽。

沾：用刀剁。

淌猫尿：哭了。

搞定：事情办成了。

找斜茬子：挑毛病。

马马看：了解了解再说。

带舵：暗中帮助人，以弥补不足之处。

兜上门：把生意做到人家的家里。

捣嗓子：吃饭，骂人用语。

搭浆：掺假，粗糙；比喻说话靠不住。

搭住：不告而取；又喻意外收获，今天～了。

打头：掐去植物的头，瓜蔓要～；从头，～说起。

发心：下决心，他～非干这事不可。

赌东东：打赌，谁输谁作东请客。

打把势：旧指地痞流氓或官府小吏在午、秋二季向农民强行索要食粮或财物。

挑挑：暗地里帮助人，使人得到好处，这个差事～我吧。

推三子：推托，推三阻四的简缩。

做拦停：调停纠纷，阻拦争吵。

拦头绊：超前进行阻挡，使之未办成功。

挛住：堵截住，把牲口～；笼络住，你一定要～她的心。

捺掉：把事情遮盖掉。

拐磨：一个人一只手转动小磨盘，一只手添谷物，这种劳动叫作～。

捂住：按住，遮盖住，用手～，不要许他跑了。这件事被我～。

掯住：用力地按压住；积攒，这个钱你～；搁下了，这事被他～了。

掯不住：经不住。

叫饶：求饶。

搛菜：夹菜。

掺花：刺绣。

卡人：强逼人。

杵几个：贿赂，～给他好办事。

冈嘀：吵架。

胳揪：用手在人颈下或腋窝里搔，使人发痒。

卡强：要强，占上风。

开味：开玩笑。

作拱：暗中作梗，这件事有人~；化脓，疼痛加剧，脓在~，疼得我要命。

咂味：借故戏弄人，取笑人。

戳漏子：找茬子，钻空子。

拴不上：追不上，赶不上。

锔住：原指用铁巴子等补碗等。引伸为盯住，他不给你办，你就~他。

敲人：戏耍、折磨人。

驮：赊欠。

七戳：人前背后使对方难堪，他这个人最好~人。

搨几笔：写几个字，写几句话。

悬来的：临时赊欠或借来的。

行孽：行为恶劣，做绝事。

黠村：说话粗俗、下流，又说村。

歇火：散伙、停止不干。

伸腿：指要达到某种目的时预先所做暗示。

讹住头：碍于情面或被迫干自己不愿干的事情。

毛捣：发脾气，他~起来。性格无常。

毛顾：犯疑，心里真有点~。

空：欠，他~我的钱还没还。

搧小扇子：拍马。

吵窝子：本家人在一起争吵斗嘴、吵架。

收拾：又为整治人，治服人的意思。

抓方子：买中药。

找：退回多余的或补回不足的，~零钱。

漕：用嘴喷水，~水。

搭耗：长者第一次见到晚辈时，赠与钱或物，谓之~

抵象眼：当众指责别人言行方面的不足，使其难堪，犹如下棋，将对方的象眼抵住了。

卡：翻盖，用碗把菜碟子~上。

卡油：捞别人或公家的东西。

克：打、揍，~仗；吃，~他一顿再说。

抠：抓，~人脸；抓住、揪住，把他~住。

挨搞：受到批评或惩治。

搅糊：蛮缠、捣乱。

嚼舌头根子：无中生有，乱说一气，编造假话，诽谤他人。

假马贪鬼：有意做作，故作姿态。

家败：事情办得很糟。无法挽回。

假马的：假的，不是真的。

过嘴：不负责任地传话，惹来麻烦。

捞稭：将打过一遍的稻、麦再打一、二遍称之~。

根：向，~他借线。

日败：作弄 。

搌澡：用湿毛巾擦身子。

捣脊背子：背后骂人。

颠了：不辞而别。

晒尸、挺尸：睡觉，属骂人话。

劳神：花费精力。

逮猫爷、躲猫、藏老闷：捉迷藏。

扯布：买布。

其他类

什么慌子：什么东西？

干什么慌子的罕：做什么事的。

到哪（kì）：到哪里去。

什么斜子：什么原因或什么东西。

搞什么斜子：做什么。

怎搞的：怎么做的。

你各晓的：你可知道。

糟掉了：小孩子夭亡。

翘辫子：（贬）死了。

下祀：并墓。

拣筋：把死者的残骨拣埋。

蕴（wen）子：稻、麦颖子。

秧毛：秧苗。

塘缺子：塘埂上开挖流水的缺口。

山芋垄（lěng）：土堆的垄子用以栽山芋。

漏子：塘埂里流水的小洞。

拐格拉子：旮旯，角落。

泼场：用水洒场。

大把戏：杂技。

嘿嗤：赶牛声。

嗤：撵鸡声。

哦啰啰啰：呼猪声。

鸭啁啁：呼鸭声。

咪咪：呼羊声。

驾赶：驴声。

狗喽而：呼狗声。

野喔：呼鹅声。

咪嗷：呼猫声。

我的小乖：表示惊讶或赞叹的意思。

就乎就乎：凑合的意思。

该因：指事情很奇怪，凑巧；也指冥冥中的报应。

费：因为疼痛而叫唤的声音。

咣铛：表示惊叹的词。

别别窍：小窍门。

这把：这次、这一回、这一下。

照、管：行，可以。

可照、可管：问语，“行不行”"？

上哪：问语，“到哪里去”？

废掉了：否定别人的意思，意为“根本不可能的”或“绝对办不到”。

我的亲鸡仔！：对某一事物的惊叹语。

甚么：甚读送的翘舌音，什么。

总么：怎么。

总样：怎样。

一总：全部。

拢统：概括。

就溜：顺便。

大约摸、估大妹：估计。

笃定：一定。

定砣：确定了，无法改变了。

对：到，往，你～哪去了。

问：向，～他借钱。

八成：大概，大约。

乖乖：感叹，我的～。

家来的：欠意，惊诧，～！是你呀！

嗯哪：是，是的。

也：是的。

可（格）是的：不是。

吊得了：大事不好的意思。

瓢滴：不晓得、不知道。

古揞：身上的污垢。

气道：难闻的气味。

哧赖赖的：很、非常、极；通常用在句末

不得：无，～人。

不发山：作生意老是不开市，一笔交易也没做成。

不仅干：不怎么样。

八脚毛：技术还不高明。

白大：无偿的，如吃～。

头一：第一，首先，～要办的。

处在：地方，有什么～。

生系：什么事，什么东西。

怎治：什么，做～。

仅干：怎么，～办？～搞的。

仅干好：怎么得了。

恼头：道理、原因、什么～，请你说清楚。

悬事：无根绊，无把握的事。

掸着眼：不情愿地被看到了，被他～了，看来瞒不住。

抹瞎：没有，不可能。

没得、没牛：无、没有。

逻理：条理，这个人是大头马，做事没～。

搞鬼、搞外撇子：搞不正当男女关系。

搞什的，搞幌子：搞什么东西。

靠你嘎的：骗你干吗呢。

意歪人：恶心人。

悟掉了：疯了，不得了了。

把水当当：弄凉水的方法。

脏形样的：不顺眼。

作掏：想挨打。

砍头鬼：要死阿你。

巴曾（cěn）：贪心。

嘎（gǎ）的：怎么搞的。

你败高兴：你不要高兴。

你是乃个：你是哪个。

霍凸：拟声词；他霍凸把门一关。

渣不头：板砖。

日不拉刮：聊天。

沰雨：淋雨。

鼻子拉呼：非常脏，小孩常年流鼻涕的样子。

人来疯：见人多，过度兴奋表现自己。多用于小孩。

乌糟食：指饭菜很差，不卫生。

日说大山光：胡说八道。

虚虚糟糟：性急，沉不住气。

赫了得：感叹词，表示惊讶。

一刷水：整齐。

见心：用功。这个小孩读书见心呢。

损死了：指难看，不能看的东西。

灌鼓：骂人喝水太多。

玩意头子：好奇的东西。

屙屎离他八丈远：不与某人有任何瓜葛。

撩骚豆子：和别人寻开心，用于不懂事的孩子。

了戏：完了，无药可救

嘴码子：口头表达能力。

小小不紧的：小东西，琐碎的。

埽有事：走吧，不跟你多说。

把个底：把内情告诉某人。

大头蚕：骂人无用。

没屁眼：骂人做事太绝太尖。做事有头无尾。

套蒲包：骂人不得好死。

小刀子：背后算计人。

歪西了：人死了，完蛋了。

毛估估：大致算算。

险达乎：几几乎，差一点。

吡刮刮：讲话不留情，神态使人受不了。

遮人眼：丢人现眼——骂人话。

乖乖隆咚：惊讶、感叹。

夯不郎当：全部在内。

一塌刮子：全部，所有的。

没胡子翘：完了，没得话说，没有办法。

不成猴子耳朵：不象样子。

谚语熟语

“宁丢一斗米，不丢一头礼”“不怕不识字，就怕不识事”“兔子尾巴——长不了”等等是乡村百姓之间经常说的“大俗话”，这些为人们所津津乐道而通俗、幽默、风趣、耐人寻味的短语，具有浓厚的乡土气息和生活气息，所揭示的客观规律或表达的事理生动形象、浅显易懂。这里搜录的都是滁州人口语中常用的谚语、歇后语。

农　谚

寸麦不怕尺水，尺麦就怕寸水。

穷种秫秫，富种瓜。

扫箸响，粪堆长。

种地没有牛，不如叫花头。

使牛不怕使一天，就怕猛三鞭。

栽秧要抢先，割麦要抢天。

白根有劲，黄根有病，黑根送命。

猪吃百样草，看你找不找。

养羊不要本，只要绳子一大捆。

母牛好一窝，公牛好一坡。

要使豌豆肥，多施草木灰。

庄稼一枝花，全靠肥当家。

一粒下地，万粒归仓。

有收无收在于水，收多收少在于肥。

蚕老一时，麦老一日。

麦盖三层被，头枕馒头睡。

清明杨柳晒成灰，麦子打成堆；淋烂挂坟纸，麦子烂成屎。

猫三狗四猪五羊六驴七牛八（孕期）。

三年不选种，增产要落空。

风吹秧田水放干，雨淋秧田水满田。

水是庄稼血，肥是庄稼粮。

黄豆开花，田沟张虾。

麦子稠了一扇墙，谷子稠了一把糠。

积肥如积粮，粮在肥中藏。

人黄有病，苗黄缺肥。

羊粪是土，上地如虎。

只要勤动手，肥源到处有。

肥料足，多收谷。

有肥没有水，庄稼噘着嘴。

狗伸舌头不勤做，鸡蜷爪子要挨饿。

人无饭无力，苗无肥不长。

秸杆还田，丰收来源。

种田选好种，土地多两垄。

一天一暴（雨），田埂收稻。

粮不够，瓜菜凑。

鸭下蛋不知道，鸡下蛋咯咯叫。

要想韭菜盛，专靠灰和粪。

种子年年选，产量节节高。

有虫治，无虫防，庄稼一定长得强。

十成稻，九成秧。

肥是农家宝，种田不可少。

平秋三场雨，遍地出黄金。

地膜盖一盖，增收百把块。

要想富得快，萝卜大白菜。

过了芒种，不可强种。

清明浸种，谷雨落秧。

头伏看稻哭啼啼，二伏看稻笑嘻嘻，三伏看稻买马骑。

秋后不深耕，来年虫子生。

庄稼百样巧，肥是无价宝。

羊粪当年富，猪类年年强。

人误地一时，地误人一年。

种田两件宝，猪粪红花草。

头三天割不得，后三天割不彻。

开沟挖塘坝加高，常年不怕旱和涝。

千算万算，不如良种合算。

米缸无米空起早，种田无肥空种稻。

要想来年害虫少，冬天除去田边草。

水粪要到月，旱粪要发热。

好种出好苗，好葫芦锯好瓢。

白露早，寒露迟，秋分种麦正当时。

大暑前，小暑后，两暑之间种绿豆。

深耕加一寸，顶上一层粪。

栀子开花你不做，蓼子开花把脚跺。

谷锄深，麦锄浅，豆子露出半个脸。

狗伸舌头你甩袖，鸡跷爪子你挨饿。

小满三天遍地黄。

驴巴清明牛巴夏，人到小满说大话。

要想富，多栽树。

水是客，不留就不得。

小孩要娘，种田要塘。

无灰不种麦，无酒不成席。

肥料到处有，就怕不动手。

这样土拌那样土，一亩多收二斗五。

春雨贵如油。

立冬刮北风，来年五谷丰。

冬雪年丰，春雪是空。

头伏萝卜二伏菜，三伏荞麦顶锅盖（三伏种荞麦长得好）。

芒种忙，乱打场。

头伏芝麻二伏豆，三伏里头种绿豆。

立秋三场雨，遍地出黄金。

庄稼不上粪，等于瞎胡混。

牛是农家本，猪是过年钱。

清明追麦子，落把黑叶子。

秧苗栽得正，抵上一遍粪。

八成熟九成收，十成熟两成丢。

养猪不赚钱，回头看看田。

处暑不下雨，白露枉来浇。

土放三年成粪，粪放三年成土。

麦要风，稻要烘（热）。

气象、物候谚语

东虹日头西虹雨，南虹北虹干河底。

春东风，雨祖宗。

朝霞不出门，晚霞行千里。

星光摇，起风暴。

云交云，雨淋淋。

冬天打雷雷打雪。

乌云接日头，半夜雨不愁。

早上乌云障，中午晒死老和尚。

早烧等不到中，晚烧一场空。

黄昏起云半夜开，半夜起云雨就来。

天上鲤鱼斑，明日晒谷不用翻。

雷打立春节，惊蛰雨不歇。

惊蛰刮北风，从头来过冬。

早阴阴，午阴晴，半夜阴天不到明。

早宿鸡，天必晴，晚宿鸡，天必雨。

乌云挡东，不落雨便吹风。

燕雀高飞晴天告，低飞雨天报。

泥鳅翻塘，大雨茫茫。

白露秋风夜，一夜冷一夜。

春雾雨，夏雾热，秋雾凉风，冬雾雪。

立秋处暑，上蒸下煮。

天上钩钩云，地下雨淋淋。

五月南风下大雨，六月南风干河底。

一日北风三日晴，三日南风别盼晴。

云向东，车马通；云向南，水满坛；云向西，穿蓑衣；云向北，好晒麦。

一场春雨一场暖，一场秋雨一场寒，十场秋雨穿上棉。

雨雪年年有，不在三九在四九。

太阳颜色黄，明日大风狂。

一年四季东风雨，立夏东风昼夜晴。

雷公当顶轰，有雨也不凶。

雨前生毛不得大，雨后生毛不得小。

夏夜星星密，明天热得哭。

日晕长江水，月晕草头风。

早看东南，晚看西北。

麦怕张口雨，稻怕夜东风。

久旱西风不下雨，久雨北风天不晴；蚂蚁搬家蛇挡道，不过三天雨就到。

一块乌云在天顶，再大风雨也不惊。

六月西（风），水渍渍。

三日西南风，秋雨落不穷。

月亮生毛，大水滔滔。

水缸出汗蛤蟆叫，必有大雨到。

日枷风，月枷雨，枷里无星连夜雨。

有钱难买五月旱，六月连阴吃饱饭。

蚯蚓出土下大雨，喜鹊入巢要生风。

一九二九不出手，三九四九冰上走。

四九中心腊，河里冻死鸭。

五九六九，栽花插柳。

七九六十三，路上行人把衣袒。

八九燕飞来，九尽杏花开。

九九八十一，猫狗找阴地。

九九加二九，耕牛遍地走。

冷在三九，热在三伏。

日落乌云涨，半夜听雨响。

霜前冷，雪后寒，吃了端年粽，才把棉衣送。

秋前北风秋后雨，秋后北风干到底。

日头拦中线，三天不见面。

雾重三日，必有大雨。

春寒多有雨，夏寒断水流；早凉晚凉，干断种粮。

云从东南涨，下雨不过晌。

冬天风紧要下雨。

日头胭脂红，不是雨来便是风。

东风急，背蓑衣。

春东风，雨祖宗。

小满不满，南风不管（雨）。

吃了夏至面，一天短一线。

春季东风雨，夏季东风热，秋季东风毒，冬季东风雪。

早霞不到中（午），晚霞报天晴。

燕子扫屋蛤蟆叫，必有大雨到。

傍晚起云半夜晴，半夜起云雨淋淋。

早霞在西，中午漂鸡，晚霞在东，必有大风

冬前不结冰，冬后冻死人。

太阳现一现，三日无好天。

久雨观星光，明日雨更旺。

太阳反照，淹倒锅灶。

白露秋风夜，一夜冷一夜。

见了冬至面，一天长一线。

早雾晴，晚雾阴。

八月初一雁门开，大雁南飞带霜来。

云自东北起，必有风和雨。

河里鱼打花，天天有雨下。

虹高日头低，早晚披蓑衣。

正月二月吃芦蒿，三月四月当柴烧。

寒露两边麦，农家忙不歇。

六月秋，样样丢；七月秋，样样收。

春争日，夏争时，百事宜早不宜迟。

清明前后，种瓜点豆。

清明到，麦管叫。

清明六十天，场上拉木锨。

枣树发了芽，家家种棉花。

芒种芒种，样样要种。

月戴斗笠刮狂风，日戴斗笠晒得凶。

小满栽秧家把家，芒种栽秧普天下。

麦到芒种刀下死。

天上猪过河，地上淹死鹅。

夏至种芝麻，当头一枝花。

山芋栽到秋，强似挖鸡头（即野荸荠）

秋前秋后，爪绿豆。

喝了白露水，蚊子闭了嘴。

三月三，南瓜葫芦要上滩。

夏至种黄豆，长死一榔头。

五月大，瓜茄瓠子不上架；五月小，瓜茄瓠子吃不了。

知了叫，割早稻。

寒露油菜霜降麦。

霜降霜降，种麦紧张。

二月雨拍拍，稀麦变稠麦，三月雨拍拍，有麦也无麦。

七月小枣，八月梨，九月柿子压塌集。

小燕子来得早，糠多麦子少。

田鸡叫，雨点子掉。

椿树头一捧，家家要泡种，蜂子锥屋檐，大麦要下田。

时梅天，蓑衣斗蓬不离肩。

雪多霜足，年岁大熟。

打了春，赤脚奔。

夏至端午远，庄稼老头挤巴眼。

夏至西南风，十八天就扳罾。

秋分不露头，割倒喂老牛（指晚稻）。

月落跑乌云，无雨必久阴。

其他谚语

砍柴先看树，跑车先看路。

山高遮不住太阳，虚假瞒不过地方。

一砖不成墙，一瓦不成房。

百里不同俗，十里改规矩。

夏天常喝绿豆汤，清热解毒身体康。

大蒜是个宝，常吃身体好。

少荤多素，少盐多醋，少车多步，多喜少怒。

饭后百步走，活到九十九。

好太阳不现中，好媳妇不打公。

要得好，问三老。

投师不如访友，求人不如求手。

见人问声好，能学百样巧。

十年河东转河西，莫笑穷人穿破衣。

人恶人怕天不怕，人善人欺天不欺。

好马不在鞍，人美不在衫。

人靠衣装，马靠鞍装。

鱼生火，肉生痰，青菜豆腐保平安。

笆簸墙，不是墙，婶婶大娘不如娘。

千层单，赶不上一层棉。

一夜吃头猪，不抵一觉呼。

要儿亲生，要钱自挣。

穷人的汗，富人的饭。

穷要喂猪，富要读书。

四书熟，文章足。

论宁要心宽，不要屋宽。

跟当官的称娘子，跟杀猪的翻肠子。

打死会拳的，淹死会水的。

夜晚减一口，活到九十九。

力气是浮财，去了还会来。

一把米养个恩人，一斗米养个仇人。

宁可跌在屎上，不可跌在纸上。

宁在世上挨，不在土里埋。

贪多嚼不烂。

十网不怕九网空，逮到一网就成功。

不怕不识字，就怕不识事。

冬吃萝卜夏吃姜，不劳医生开药方。

人逢喜事精神爽，闷来愁肠瞌睡多。

人心隔肚皮，虎心隔毛衣。

墙倒众人推，破鼓一起擂。

活到八十八，不知癞和瞎。

牛栓在桩上也要老，耕啊耙啊也是老。

人不知已过，牛不知力大。

上回当，学回乖。

病来如山倒，病去如抽丝。

三天不吃青，鼻子冒火星。

男怕穿靴（腿肿），女怕戴帽（脸肿）。

火到猪头烂，功到自然成。

麻油拌小菜，各人心中爱。

少吃多有味，多吃伤脾胃。

坐要有坐相，睡要有睡相，吃要有吃相。

为人不做亏心事，半夜不怕鬼敲门。

头顶磨子，不晓得轻重。

办酒容易请客难。

亲兄弟，明算账。

好话不出门，坏话传千里。

好（急）事不在忙中取。

跟好学好，跟叫化子学讨。

家不和，被人欺。

吃的是米，讲的是理。

会看看门道，不会看看热闹。

惜饭有饭吃，惜衣有衣穿。

在家日日好，出门处处难。

一个尿脬不称头，两个尿脬一担挑。

不听老人言，吃苦在眼前。

人跟人好，鬼跟鬼好，苍蝇跟烂腿好。

吃人家的嘴软，拿人家的手软。

爆灰也有发热时。

人不求人一般高。

让人三分不吃亏。

好个人千难万难，恼个人三言两语。

食落千人口，罪过一人担。

兔子不吃窝边草。

交友不交财，交财两不来。

穷不丢猪，富不丢书。

逢集不上街，背集满街转。

看人挑担不吃力，自已挣的屁急急。

不经厨子手，总有腥膻味。

鼻子底下就是路。

当家才知柴米贵，养儿方知报娘恩。

新来乍到，摸不着锅灶。

一娘生九子，九子不同样。

公不离婆，秤不离砣。

宁伤竹子，不伤笋子。

只可算了吃，不可吃了算。

看菜吃饭，量体裁衣。

出门看天色，进门看脸色。

会说话的两头瞒，不会说话的两边搬。

丈夫饭睡着吃，儿女饭跪着吃。

官塘漏，官牛瘦。

桑树条子从小育。

经不得穷，耐不得富。

穷虱子叮，饿虱子咬。

姊妹姊妹，各苦各累。

选妻选德不选色，交友交心不交财。

穷人无灾就是福。

木匠进门有柴烧，瓦匠进门有的挑。

越有越肯挣，越穷越发愣。

叫化子留不住隔夜食。

瞎钱用了千千万，没有买块热豆腐烫烫心。

好话一遍，好马一鞭。

人无过头之力。

田种不好一年苦，娶不到好老婆一辈子苦。

吵无好言，打无好拳。

箩里拣瓜，越拣眼越花。

好借好还，再借不难。

钓鱼的不急，背葫篓的急。

当面充盹，背后发狠。

喊人不蚀本，舌头打个滚。

井不挖不深，人不处不亲。

宁丢一斗米，不丢一头礼。

糠箩里跳到米箩里好过，米箩里跳到糠箩里难熬。

三十晚上的公鸡，跑不了一百步。

花美在色，人美在心。

筷子用小头，寻路问老头。

小洞爬不出大螃蟹。

大懒倚小懒，伙计倚老板。

眼不见嘴不馋，耳不听心不烦。

锥子哪有两头快。

喝开水，吃熟菜，不拉肚子不受害。

月亮粑粑是团的，小俩口吵嘴是玩的。

早起三光，迟起三荒。

荒年饿不死手艺人。

猴子不上树，多敲几遍锣。

粗茶淡饭不挨饿，真言实话没有过。

争大不光，摽饭不香。

吃不穷，穿不穷，不会算计一世穷。

邻居好，赛金宝；亲戚好，落路跑。

爹有爷有，不如已有。

星多天空亮，人多智慧广。

人无笑脸休开店。

家有千担粮，不养扁嘴王（鸭子）。

学习如赶路，不能慢一步。

严是爱，松是害。

青草难烧，惯子难教。

邻家处不好，如同山墙倒。

冬瓜有毛，茄子有刺，父母有权，儿女有势。

头次上当，二次心亮。

儿要亲生，地要深耕。

人无刚，不如糠。

勇气高，邪气消。

土帮土成墙，人帮人成王。

灯头小满屋明，秤砣小压千斤。

树从根上起，水从源处流。

是草有根，是话有音。

狼走千里都伤人，狗在千家都看门。

练出一身汗，小病不用看。

时节不饶苗，国法不饶人。

塘有漏及时堵，人有罪及时处。

人多乱，龙多旱，母鸡多了不生蛋。

宁伸扶人手，莫张陷人口。

日望太阳夜望灯，人望幸福树望春。

是铜不能变铁，是鹅不能变鸭。

歇后语

白菜锅里下元宵——光蛋缠青皮。

澡堂子灯笼——天天挂。

卖麻团跌跟头——有多远滚多远

下到锅里的面条子—— 硬不起来。

吃过中饭向西走——影子都没有。

癞蛤蟆掉到染缸里——贪色。

瞎子捉嘎嘎子——听音。

脚后跟朝北——南（难）走。

南瓜花谱鸡蛋——配色了。

豆芽子包饺子——内里有弯子。

碓窝里抱鸡——伤蛋。

葫芦掉到井里头——不沉（成）。

老人仓锣鼓——各打各的。

卖豆饼子的下乡——摊（贪）多了。

黄鼠狼子泥墙——小手。

玩把戏掰胳膊——要钱。

光着屁股系围裙——顾前不顾后。

小猪子不上秤——散倒。

厕屎不带纸——想不揩（开）。

麻雀跟着鳖虎飞——熬眼。

唱戏的胡子——假的。

精屁股逮马蜂——拼肿地干。

花果山开批判会——头（逗）猴。

墙上挂狗皮——不像画（话）。

老鹰拴到鳖爪子上——跳不起，飞不高。

杭世祥看批示——够你受的。

孔夫子的小手巾——包书（输）。

鹅蛋石砌墙——急掉了。

兔子去了一点——免啦。

精屁股爬树——找操的。

脊梁心贴膏药——前（钱）心（胸）重。

老公公背儿媳过河——出力不讨好。

怀远的石榴——嘴子好。

西瓜皮打鞋掌子——不是那块料。

端盆打酒——无壶（芜湖）。

送亲不骑驴——地杠。

老鹰叼斧头——云里雾里砍。

灶老爷放屁——神气。

老母猪拱豆秸——全凭脸皮厚。

石榴树打棺材—— 横竖不够料。

小大姐不骑驴——地杠（步行）。

精着腚系裤腰带——多一道子。

初二三的月牙——翘上天了 。

剃头的扁担——不长。

狗咬月亮——枉费劲。

老妈妈的陀螺子——有线（限）。

长虫的儿子——蛇种。

屎壳螂戴花——臭美。

一跤跌在煤堆上——倒煤（霉）。

烟头子掉到口袋里——烧包。

方瓜花炒鸡蛋——对色。

屎壳螂搬家——滚蛋。

老鸹落到猪身上——光讲人家黑。

空棺材出葬——木（目）中无人。

满口金牙——尽是谎（黄）话。

巷子扛木头——直来直去。

外甥打灯笼——照舅（旧）。

丈二和尚——摸不着头脑。

棺材里伸手——死要钱。

老鼠钻风箱——两头受气。

老鼠拖板掀——大头在后头。

坐轿翻跟头——不受抬举。

小和尚念经——有口无心。

王八吃秤砣——铁了心。

一跤跌在鏊子上——烙（落）心了 。

稀饭锅里下元宵 ——糊涂蛋。

风箱板做棺材——气死人。

口吃甘蔗——节节甜。

坐飞机吹喇叭——空响（想）。

过年娶媳妇——双喜临门。

老鼠过街——人人喊打。

老母猪下豌豆田——老嫩一把掳。

老奶奶吃柿子——专拣软的捏。

懒婆娘裹脚布——又臭又长。

老鼠舔猫屁股——胆子不小。

竹篮打水——一场空。

杀鸡用牛刀——小题大作。

独眼龙看告示——一目了然。

后娘打孩子——暗里使劲。

芝麻开花——节节高。

黄鼠狼给鸡拜年——没安好心。

枣核掉油桶——又尖又滑。

木匠吊线——睁一只眼闭一只眼。

冬天吃葡萄——寒酸。

叫花子唱戏——穷开心。

十五只吊桶打水——七上八下。

咸菜煮豆腐——有盐（言）在先。

泥菩萨过河——自身难保。

聋子的耳朵——摆设。

龙王爷亮相——张牙舞爪。

哑巴吃饺子——心中有数。

三九天种小麦——不是时候。

狗逮老鼠——多管闲事。

高山打鼓——鸣（名）声在外。

孔夫子搬家——少不了书（输）。

狗撵鸭子——呱呱叫。

小鬼晒太阳——无影。

肉包打狗——有去无回。

卖铜勺的充军——走到哪开响到哪开。

老猫上锅台——熟路。

饭锅上茄子——拣软的叉。

四两棉花——弹（谈）不上。

老太太的脸——文皱皱（纹皱皱）。

老牯牛掉井——有力使不出。

灯草打鼓——不响（想）。

马尾穿豆腐——没法提。

锣鼓家伙——各打各的。

二十一天不出鸡——坏蛋。

豆腐渣贴门对子——两不粘。

狗吃青草——装羊（佯）。

张飞穿针——大眼瞪小眼。

属公鸡的——光啼不下蛋。

钟馗嫁妹——鬼婚（混）。

坛子里捉鳖——手到擒拿。

癞蛤蟆爬秤盘——自称自。

狐狸的尾巴——藏不住。

乌龟吃大麦——糟踏粮食。

砖头砌墙——后来居上。

锅底下烧芋头——拣熟的掏。

豆腐渣炒藕——糊眼子。

卖布不带尺——存心不量（良）。

小葱拌豆腐——一青（清）二白。

骑驴看唱本——走着瞧。

猪八戒照镜子——里外不是人。

小秃子打伞——无发（法）无天。

坐井观天——只见一点。

挑草丢了扁担——就落个绳（神）了。

茅厕缸里的石头——又臭又硬。

两个哑巴睡一头——没说的。

秃子头上虱子——明摆着。

麻袋装麸子——漏漏面（露露面）。

草帽烂了边——顶好。

麻线拴豆腐——提不起来（或不能提了）。

兔子尾巴——长不了。

阎王出告示——鬼话连篇。

卖糖球住高楼——熬的（或熬出来的）。

擀面杖吹火——一窍不通。

黄鼠狼拖油条——一路货色。

卖布不用尺子——瞎扯。

麻袋装菱角——里戳外捣。

王小二开饭店——论人（看人）兑汤。

瞎猫碰上个死老鼠——巧了。

茶壶装饺子——肚里有货倒不出来。

卖窑货跌跟头——一个好的没得。

吊死鬼搽粉——死要好看。

丫丫葫芦不是绳勒的——就是那种（物）。

黄连树下弹琴——苦中作乐。

一个月下二十九天雨——该阴（因）。

老鼠啃灯笼——吃烛（粥）。

哑巴吃黄连——有若说不出。

骑黄鼠狼穿大褂——假装正经。

做梦娶媳妇——尽想好事。

剃头挑子——一头热。

蜻蜓吃尾巴——自吃自。

狗咬吕洞宾——不识好人心。

西瓜淌水——坏透了。